coleção fábula

Charles Baudelaire

O *spleen* de Paris

PEQUENOS POEMAS EM PROSA

TRADUÇÃO DE
Samuel Titan Jr.

editora■34

Sumário

A ARSÈNE HOUSSAYE 7

I. O ESTRANGEIRO 9

II. O DESESPERO DA VELHA 10

III. O *CONFITEOR* DO ARTISTA 11

IV. UM ENGRAÇADINHO 12

V. O QUARTO DUPLO 13

VI. CADA QUAL COM SUA QUIMERA 16

VII. O BOBO E A VÊNUS 17

VIII. O CÃO E O FRASCO 18

IX. O MAU VIDRACEIRO 19

X. À UMA DA MANHÃ 22

XI. A MULHER-FERA E A MOÇA AFETADA 24

XII. AS MULTIDÕES 26

XIII. AS VIÚVAS 28

XIV. O VELHO SALTIMBANCO 31

XV. O BOLO 34

XVI. O RELÓGIO 36

XVII. UM HEMISFÉRIO NUMA CABELEIRA 37

XVIII. O CONVITE À VIAGEM 38

XIX. O BRINQUEDO DO POBRE 41

XX. OS DONS DAS FADAS 43

XXI. AS TENTAÇÕES 46
OU EROS, PLUTO E A GLÓRIA

XXII. O CREPÚSCULO DA TARDE 50

XXIII. A SOLIDÃO 52

XXIV. OS PROJETOS 54

XXV. A BELA DOROTHÉE 56

XXVI. OS OLHOS DOS POBRES 58

XXVII. UMA MORTE HEROICA 60

XXVIII. A MOEDA FALSA 65

XXIX. O JOGADOR GENEROSO 67

XXX. A CORDA 71

XXXI. AS VOCAÇÕES 75

XXXII. O TIRSO 79

XXXIII. EMBRIAGAI-VOS 81

XXXIV. MAS JÁ!? 82

XXXV. AS JANELAS 84

XXXVI. O DESEJO DE PINTAR 85

XXXVII. AS DÁDIVAS DA LUA 86

XXXVIII. QUAL SERÁ A VERDADEIRA? 88

XXXIX. UM CAVALO DE RAÇA 89

XL. O ESPELHO 90

XLI. O PORTO 91

XLII. RETRATOS DE AMANTES 92

XLIII. O GALANTE ATIRADOR 97

XLIV. A SOPA E AS NUVENS 98

XLV. O GALPÃO DE TIRO E O CEMITÉRIO 99

XLVI. PERDA DE AURÉOLA 100

XLVII. SENHORITA BISTURI 101

XLVIII. *ANYWHERE OUT OF THE WORLD* 105
[SEJA ONDE FOR, LONGE DESTE MUNDO]

XLIX. PAU NOS POBRES! 107

L. OS BONS CÃES 110

NOTAS 115

Os asteriscos à margem do texto remetem à seção de notas ao fim deste volume.

A ARSÈNE HOUSSAYE

Meu caro amigo, eu lhe dedico uma pequena obra da qual não se poderia dizer, sem injustiça, que não tem pé nem cabeça, uma vez que tudo nela é, ao mesmo tempo, pé e cabeça, alternada e reciprocamente. Considere, eu lhe peço, as admiráveis comodidades que essa combinação oferece a todos, ao senhor, a mim e ao leitor. Podemos interromper onde quisermos — eu, o devaneio; o senhor, o manuscrito; o leitor, a leitura; pois não suspendo a vontade renitente deste último pelo fio interminável de uma intriga supérflua. Tire uma vértebra, e as duas partes desta tortuosa fantasia se reunirão sem esforço. Pique-a em numerosos fragmentos, e verá que cada qual pode existir à parte. Na esperança de que alguns desses retalhos sejam vivos o bastante para lhe parecer agradáveis e divertidos, eu ouso lhe dedicar a serpente inteira.

Tenho uma pequena confissão a lhe fazer. Foi ao folhear, pela vigésima vez ao menos, o famoso *Gaspard de la Nuit*, de Aloysius Bertrand (um livro que o senhor, eu e alguns de nossos amigos conhecemos não tem todo o direito de ser chamado de *famoso*?), que me veio a ideia de tentar alguma coisa de análogo e de aplicar à descrição da vida moderna, ou antes, de *certa* vida moderna, mais destilada, o mesmo procedimento que ele aplicara à descrição da vida antiga, tão estranhamente pitoresca.

Qual de nós não sonhou, em seus dias de ambição, com o milagre de uma prosa poética, musical mesmo sem ritmo nem rima, flexível e compósita a ponto de se adaptar aos movimentos líricos da alma, às ondulações do devaneio, aos sobressaltos da consciência?

É sobretudo da frequentação das cidades enormes, é do cruzamento de suas inumeráveis relações que nasce esse ideal obsedante. O senhor mesmo, meu caro amigo, não tentou traduzir numa *canção* o grito estridente do *Vidraceiro* e exprimir numa prosa lírica todas as desoladoras sugestões que esse grito faz chegar até as mansardas, através das mais altas brumas da rua?

Mas, para dizer a verdade, temo que minha inveja não me tenha valido de nada. Tão logo comecei o trabalho, percebi não apenas que continuava longe de meu misterioso e distante modelo, como também que estava fazendo alguma coisa (se é que isto pode ser chamado de *alguma coisa*) de singularmente diverso, acidente que inspiraria orgulho a qualquer outro que não eu, mas que só pode humilhar profundamente um espírito para o qual a máxima honra do poeta consiste em realizar *justamente* o que projetara fazer.

Seu muito afeiçoado,
C. B.

I. O ESTRANGEIRO

— Diz quem amas mais, homem enigmático, diz! Teu pai, tua mãe, tua irmã ou teu irmão?

— Não tenho nem pai, nem mãe, nem irmã, nem irmão.

— Teus amigos?

— O senhor usa uma palavra de sentido ainda obscuro para mim.

— Tua pátria?

— Ignoro em que latitude ela se encontra.

— A beleza?

— Quisera eu amá-la, divina e imortal.

— O ouro?

— Eu o detesto como o senhor detesta Deus.

— Mas então o que tu amas, formidável estrangeiro?

— Amo as nuvens… as nuvens que passam… ao longe… ao longe… as maravilhosas nuvens!

II. O DESESPERO DA VELHA

A velhota mirrada ficou toda feliz ao ver a linda criança que todo mundo festejava, que todo mundo queria agradar — aquela linda criatura, tão frágil quanto a velhota e, como ela, sem dentes nem cabelos.

E ela se aproximou da criança, com risos e mimos.

Mas a criança, assustada, debatia-se sob os carinhos da boa velhota decrépita e enchia a casa com seus gritos.

Então a boa velhota retirou-se para a sua solidão eterna, e chorava num canto qualquer, dizendo consigo mesma: "Ai de nós, pobres fêmeas envelhecidas, já não agradamos a ninguém, nem mesmo aos inocentes — e metemos medo às criancinhas que gostaríamos de amar!".

III. O *CONFITEOR* DO ARTISTA

Como são penetrantes os fins de dia de outono! Ai, penetrantes até doer! Pois há certas sensações deliciosas em que o vago não exclui o intenso; e não há ponta mais acerada que a do Infinito.

Como é vasto o deleite de submergir o olhar na imensidão do céu e do mar! Solidão, silêncio, incomparável castidade do azul-celeste! Vela diminuta que estremece rente à linha do horizonte e, pequena e isolada como é, imita minha irremediável existência! Melodia monótona do marulho — todas essas coisas pensam em mim ou talvez eu pense nelas (pois, no devaneio sem medida, o *eu* logo se perde!); elas pensam, dizia eu, mas pensam musicalmente, pitorescamente, sem argúcias, sem silogismos, sem deduções.

Contudo, esses pensamentos, quer saiam de mim, quer provenham das coisas, logo se tornam intensos demais. A energia dessa volúpia cria um incômodo e um sofrimento pronunciados. Meus nervos, de tão retesados, não produzem mais que vibrações estridentes e dolorosas.

E então a profundidade do céu me consterna; sua limpidez me exaspera. A indiferença do mar, a imutabilidade do espetáculo me revoltam... Ai! Será preciso eternamente sofrer ou fugir eternamente ao belo? Natureza, maga sem mercê, rival sempre vitoriosa, deixa-me! Deixa de tentar meus desejos e meu orgulho! O estudo do belo é um duelo em que o artista grita de pavor antes de cair vencido.

IV. UM ENGRAÇADINHO

Era a explosão do Ano-Novo: caos de lama e neve, atravessado por mil carroças, resplandecente de brinquedos e bombons, pululante de cobiças e desesperanças, delírio oficial de uma cidade grande, feito para perturbar o cérebro do solitário mais empedernido.

Entre tanta algazarra e barafunda, um burrico trotava com vigor, acossado por um brutamontes de chicote em punho.

Quando o burrico se preparava para uma curva rente ao meio-fio, um belo senhor, metido em luvas e sapatos de verniz, cruelmente engravatado, aprisionado em trajes novos em folha, inclinou-se com cerimônia diante do humilde animal e lhe disse, tirando o chapéu: "Eu lhe desejo um ano bom e feliz!"; em seguida, voltou-se para não sei que companheiros com ar de fatuidade, como a pedir que os outros aprovassem seu contentamento.

O burrico nem notou o belo engraçadinho e continuou a correr com zelo no rumo que seu dever ditava.

Quanto a mim, fui subitamente tomado de cólera contra aquele magnífico imbecil, que me pareceu concentrar em si todo o espírito da França.

V. O QUARTO DUPLO

Um quarto que mais se parece com um devaneio, um quarto verdadeiramente *espiritual*, onde a atmosfera inerte é ligeiramente tingida de rosa e de azul.

Nele, a alma toma um banho de preguiça, aromatizado de pesar e desejo. — Alguma coisa de crepuscular, de azulado e de róseo; um sonho de volúpia durante um eclipse.

Os móveis têm formas esguias, prostradas, lânguidas; parecem dotados de uma vida sonâmbula, à maneira do vegetal e do mineral. Os tecidos falam uma língua tácita, como as flores, como os céus, como os poentes.

Nas paredes, nenhuma abominação artística. Em comparação ao sonho puro, à impressão não analisada, toda arte definida, toda arte positiva é uma blasfêmia. Aqui, apenas a clareza bastante e a deliciosa escuridão da harmonia.

Um aroma infinitesimal, do gosto mais requintado, ao qual se mistura uma ligeiríssima umidade, flutua nessa atmosfera em que o espírito sonolento é embalado por sensações de estufa.

A musselina chove fartamente diante das janelas e da cama; ela se expande em cascatas de neve. Na cama, deita-se o Ídolo, a soberana dos sonhos. Mas como pode ela estar aqui? Quem a trouxe? Qual poder mágico a instalou neste trono de devaneio e volúpia? Que importa? Ei-la, eu a reconheço!

Eis aqueles olhos cuja chama atravessa o crepúsculo; aqueles sutis e terríveis *mirantes*, que reconheço à sua pavorosa malícia! Eles atraem, eles subjugam, eles devoram o olhar do imprudente que os contempla. Eu as estudei muitas vezes, essas estrelas negras que impõem a curiosidade e a admiração.

A qual demônio benévolo devo agradecer por estar assim, cercado de mistério, de silêncio, de paz e de perfumes? Oh, beatitude! Isso que, em geral, chamamos de vida, mesmo em sua expansão mais feliz, não tem nada em comum com esta vida suprema que agora conheço e que saboreio minuto a minuto, segundo a segundo!

Não, já não há minutos, já não há segundos! O tempo desapareceu; é a Eternidade que reina, uma eternidade de delícias!

Mas um golpe terrível, pesado, ressoou à porta, e, como nos sonhos infernais, tive a sensação de levar um golpe de picareta no ventre.

E então entrou um Espectro. É um oficial de justiça que vem me torturar em nome da lei; uma infame concubina que vem chorar miséria e somar as trivialidades de sua vida aos sofrimentos da minha; ou senão um moço de recados de algum diretor de jornal que vem reclamar o que falta de um manuscrito.

O quarto paradisíaco, o ídolo, a soberana dos sonhos, a *Sílfide*, como dizia o grande René, toda essa magia desapareceu ao golpe brutal desferido pelo Espectro.

Que horror! Agora recordo, agora recordo! Sim, é meu este pardieiro, é minha esta morada do tédio eterno. Eis aqui os móveis idiotas, polvorentos, desbeiçados; a lareira sem chama e sem brasa, suja de cuspe; as tristes janelas em que a chuva traçou veios na poeira; os manuscritos rasurados ou incompletos; o almanaque em que o lápis marcou as datas sinistras!

E esse perfume de outro mundo, que me embriagava com uma sensibilidade cultivada — ai de mim, ele cede lugar a um fétido cheiro de tabaco misturado sabe-se lá a qual nauseabunda umidade. Agora se respira aqui o ranço da desolação.

Neste mundo estreito, mas tão repleto de desgostos, um único objeto me sorri: a garrafinha de láudano, velha e terrível amiga; e, como todas as amigas, fecunda em carícias e traições.

Sim, sim, o Tempo ressurgiu; agora o Tempo reina como soberano; e, junto a esse horrendo ancião, lá veio todo seu cortejo demoníaco de Lembranças, de Pesares, de Espasmos, de Medos, de Angústias, de Pesadelos, de Cóleras e de Neuroses.

Posso assegurar que agora os segundos se fazem sentir com força, solenemente, e cada um, irrompendo do pêndulo do relógio, diz: "Eu sou a Vida, a insuportável, a implacável Vida!".

Só há um Segundo em toda vida humana que tenha por missão anunciar uma boa notícia, a *boa nova* que causa a todos um inexplicável medo.

Sim, o Tempo reina; ele retomou sua brutal ditadura. E ele me empurra adiante, como se eu fosse um boi, com seu duplo aguilhão. "Eia, burro! Sua, escravo! Vive, condenado!"

VI. CADA QUAL COM SUA QUIMERA

Sob um vasto céu cinzento, numa vasta planície poeirenta, sem trilhas, sem relva, sem um cardo, sem uma urtiga, encontrei vários homens que caminhavam recurvados.

Cada qual levava ao dorso uma enorme Quimera, tão pesada quanto um saco de farinha ou de carvão, ou quanto o fardo de um legionário romano.

Mas a besta monstruosa não era um peso inerte; ao contrário, envolvia e oprimia o homem com seus músculos elásticos e possantes; aferrava-se com duas enormes garras ao peito de sua montaria; e a cabeça fabulosa assomava sobre o rosto humano, como esses elmos horrendos com os quais os guerreiros antigos esperavam aumentar o pavor do inimigo.

Interpelei um desses homens e perguntei aonde iam assim. Ele me respondeu que nada sabia, nem ele, nem os demais; mas que decerto iam a alguma parte, uma vez que eram impelidos por uma indômita necessidade de caminhar.

Coisa curiosa a se notar: nenhum desses viajantes parecia irritar-se com a besta feroz que levava suspensa ao pescoço e colada às costas; mais parecia que a considerava como parte de si mesmo. Aqueles rostos cansados e graves não testemunhavam nenhum desespero; sob a cúpula morosa do céu, os pés enterrados na poeira de um chão tão desolado quanto esse céu, eles caminhavam com a fisionomia resignada dos condenados a esperar para sempre.

E o cortejo passou a meu lado e se perdeu na atmosfera do horizonte, ali onde a superfície curva do planeta se furta à curiosidade do olhar humano.

E, durante alguns instantes, eu ainda quis compreender aquele mistério; mas logo a irresistível indiferença se abateu sobre mim, e me vi ainda mais pesadamente alquebrado que eles mesmos sob o peso de suas esmagadoras Quimeras.

VII. O BOBO E A VÊNUS

Que dia admirável! O vasto parque desfalece sob o olho ardente do sol, como a juventude sob o império do Amor.

O êxtase universal das coisas não se exprime em nenhum ruído; os próprios cursos d'água parecem adormecidos. Bem diferente das festas humanas, esta é uma orgia silenciosa.

Dir-se-ia que uma luz sempre mais intensa faz rebrilhar cada vez mais os objetos; que as flores excitadas ardem no desejo de rivalizar com o azul do céu pela energia de suas cores; e que o calor, tornando visíveis os perfumes, eleva-os como vapores rumo ao astro.

Contudo, em meio a esse regozijo universal, divisei um ser aflito.

Aos pés de uma Vênus colossal, um desses bobos artificiais, um desses bufões voluntários encarregados de fazer rir os reis que o Remorso ou o Tédio obsedam, envergando um traje espalhafatoso e ridículo, um chapéu de chifres e guizos metido na cabeça, todo encolhido junto ao pedestal, ergue os olhos marejados para a Deusa imortal.

E seus olhos dizem: "Sou o último e o mais solitário dos humanos, privado de amor e de amizade e, por isso mesmo, bem inferior ao mais imperfeito dos animais. Entretanto, fui criado, eu também, de modo a compreender e sentir a imortal Beleza! Ah, Deusa, tem piedade da minha tristeza e do meu delírio!".

Mas a implacável Vênus olha ao longe, sabe-se lá para o quê, com seus olhos de mármore.

VIII. O CÃO E O FRASCO

— Meu cãozinho lindo, meu cãozinho adorável, meu lulu querido, chega mais perto e vem cheirar um excelente perfume, comprado na melhor perfumaria da cidade.

E o cão, tremelicando o rabo, o que para essas pobres criaturas é, até onde sei, o sinal correspondente ao riso e ao sorriso, chega mais perto e aproxima curioso o nariz úmido do frasco destampado; então, de repente, recuando assustado, começa a latir para mim, à guisa de repreensão.

— Ah, cão miserável! Se eu tivesse oferecido uma trouxa de excrementos, tu a terias cheirado com deleite, quem sabe até a devorasses. E a verdade é que nisso, indigno companheiro de minha triste vida, tu te pareces ao público, a quem se deve oferecer não perfumes delicados, que o exasperam, mas imundícies cuidadosamente selecionadas.

IX. O MAU VIDRACEIRO

Há naturezas puramente contemplativas, em tudo inaptas à ação, que, entretanto, à mercê de um impulso misterioso e desconhecido, agem por vezes com uma rapidez de que elas mesmas não se diriam capazes.

Um sujeito que, temendo encontrar às mãos do zelador uma notícia penosa, bate perna diante da própria porta por toda uma hora, sem ousar entrar; outro que guarda uma carta por quinze dias, sem ousar romper o lacre, ou ainda um terceiro que só depois de seis meses resigna-se a tomar uma providência necessária há mais de um ano, todos eles, uma hora ou outra, sentem-se bruscamente precipitados à ação por uma força irresistível, como a flecha de um arco. O moralista e o médico, que alegam tudo saber, não sabem explicar como, tão subitamente, uma energia tão demente toma essas almas cheias de preguiça e volúpia, nem como, incapazes de fazer as coisas mais simples e mais necessárias, elas encontram, da noite para o dia, uma suntuosa coragem para executar os atos mais absurdos, quando não os mais perigosos.

Um de meus amigos, o mais inofensivo sonhador que jamais existiu, certa vez ateou fogo a uma floresta só para ver, dizia ele, se o fogo pegava tão facilmente quanto se costuma afirmar. Por dez vezes seguidas, a experiência falhou; mas, na décima primeira, deu mais certo do que devia.

Outro sujeito qualquer acenderá um charuto ao lado de um barril de pólvora, *para ver, para saber, para provocar o destino*, para se forçar a uma mostra de energia, para fazer troça, para conhecer os prazeres da ansiedade, para nada, por capricho, por ócio.

É uma espécie de energia que jorra do tédio e do devaneio; e aqueles em que ela se manifesta tão inopinadamente são em geral, como eu dizia, as mais indolentes e as mais sonhadoras das criaturas.

Outro ainda, tão tímido que baixa a vista mesmo diante do olhar de outros homens, tão tímido que lhe é preciso reunir toda sua pobre vontade para entrar num café ou passar diante do guichê de um teatro, onde os bilheteiros lhe parecem investidos da majestade de Minos, Éaco e Radamanto — esse mesmo sujeito saltará bruscamente ao pescoço de um velho que vai passando a seu lado e o abraçará com entusiasmo, diante da multidão pasma.

Por quê? Porque... talvez porque essa fisionomia tenha parecido irresistivelmente simpática a seus olhos? Talvez; mas é mais legítimo supor que ele mesmo não saberia dizer por quê.

Mais de uma vez, fui vítima dessas crises e desses ímpetos que nos autorizam a crer em Demônios maliciosos que se infiltram em nós e nos fazem cumprir, à revelia, suas mais absurdas vontades.

Certa manhã, eu despertara rabugento, triste, cansado de tanto ócio e como que impelido a fazer alguma coisa de grandioso, uma ação de estrondo; e, então, ai de mim, abri minha janela!

(Observem, eu lhes rogo, que o espírito de mistificação, que em certas pessoas não é fruto de um trabalho ou de uma combinação, mas de uma inspiração fortuita, esse espírito tem grande parte nisso tudo, quando mais não seja pela via do desejo ardente, daquele humor — histérico, segundo os médicos, ou satânico, segundo aqueles que pensam um pouco melhor que os médicos — que nos leva sem resistência a toda uma gama de ações perigosas ou inconvenientes.)

A primeira pessoa que vi na rua foi um vidraceiro cujo pregão estridente, desafinado, chegava até mim através da suja e pesada atmosfera parisiense. De resto, eu não saberia absolutamente dizer por que me senti tomado, diante daquele pobre homem, por um ódio tão súbito quanto despótico.

"Ei! Ei!", eu gritava para que ele subisse. Enquanto isso, e não sem alegria, me ocorreu que, estando meu quarto no sexto andar e sendo a escadaria muito estreita, o homem penaria para realizar a ascensão e emperraria em muitos pontos com sua frágil mercadoria.

Por fim, ele apareceu: examinei com curiosidade todos os seus vidros e lhe disse: "Como assim? O senhor não tem vidros coloridos? Vidros cor-de-rosa, vermelhos, azuis, vidros mágicos, vidros paradisíacos? Que descaramento! O senhor ousa andar por bairros pobres sem nenhum vidro que torne a vida mais bela!?". E o empurrei com vigor de volta à escadaria, por onde se foi, aos tropeços e resmungos.

Eu me aproximei da varanda, empunhei um vasinho de flores e, quando o homem reapareceu na soleira da porta, deixei minha máquina de guerra cair perpendicularmente sobre a borda traseira do chassi de carga; com o choque, o sujeito caiu para trás, terminando de quebrar sua fortuna ambulante, que produziu o barulho estrondoso de um palácio de cristal rachado ao meio por um raio.

Então, ébrio de desvario, gritei furiosamente: "A vida mais bela! A vida mais bela!".

Essas brincadeiras nervosas não são despidas de perigo, e muitas vezes se paga caro por elas. Mas que importa a eternidade da danação para quem encontrou, no espaço de um segundo, o infinito do prazer?

X. À UMA DA MANHÃ

Enfim só! Já não se ouve mais que o rolar de uns poucos fiacres atrasados e exaustos. Durante algumas horas, teremos silêncio, senão repouso. Enfim! Foi-se a tirania da face humana, e só terei a sofrer comigo mesmo.

Enfim! Posso agora me entregar a um banho de trevas! Antes de tudo, um duplo giro na fechadura. Tenho a sensação de que essa volta da chave aumentará e fortificará as barricadas que atualmente me separam do mundo.

Vida horrível! Cidade horrível! Recapitulemos a jornada: encontrar diversos homens de letras, entre os quais um que me perguntava se é mesmo possível chegar à Rússia por via terrestre (talvez pensasse que a Rússia fosse uma ilha); discutir generosamente com o diretor de uma revista, que a cada objeção respondia: "Este aqui é o partido das pessoas de bem!", o que equivale a dizer que todos os outros jornais são redigidos por patifes; cumprimentar vinte pessoas, quinze das quais não conheço; distribuir apertos de mão na mesma proporção, e isso sem ter antes tomado a precaução de comprar luvas; subir, para matar o tempo durante uma chuvarada, para a casa de uma corista, que me pediu que lhe desenhasse um traje de *Venas*; cortejar um diretor de teatro, que me disse, na hora de me dispensar: "Talvez o senhor devesse ir ter com Z...; é o mais maçante, o mais tolo e o mais célebre dos meus autores, talvez com ele o senhor conseguisse fazer alguma coisa. Vá vê-lo, e depois voltamos a conversar"; gabar-me (por quê?) de diversas infâmias que jamais cometi, e negar covardemente algumas outras baixezas que fiz com alegria — delito de fanfarronada, crime contra o respeito humano; recusar a um amigo um favor fácil, e recomendar por escrito um perfeito imbecil; ufa, já basta, não?

Descontente de todos e descontente de mim, quisera eu me redimir e sentir algum orgulho no silêncio e na solidão da noite. Almas de quem amei, almas de quem cantei, fortificai-me, sustentai-me, afastai de mim a mentira e os vapores corruptos do mundo; e vós, Senhor meu Deus, concedei-me a graça de produzir alguns versos belos, que me provem, a mim mesmo, que não sou o último dos homens, que não sou inferior àqueles que desprezo!

XI. A MULHER-FERA E A MOÇA AFETADA

"Francamente, minha cara, você me cansa sem medida nem piedade; a julgar pelos seus suspiros, parece que você sofre mais que as respigadeiras sexagenárias ou as velhas mendigas que catam crosta de pão à porta das tabernas.

"Se ao menos exprimissem remorso, seus suspiros lhe valeriam alguma honra; mas eles não traduzem mais que a saciedade do bem-estar e a lassidão do descanso. E, além disso, você não para de se derramar em palavras inúteis: 'Me ame, eu preciso tanto! Me console aqui, me faça carinho acolá!'. Pois bem, vou tentar curá-la; talvez encontremos o remédio a dois soldos, no meio de uma festa, e sem ter de ir longe.

"Observe bem, eu lhe peço, esta sólida jaula de ferro, dentro da qual se agita — urrando feito um condenado, sacudindo as barras feito um orangotango, exasperado pelo exílio, imitando à perfeição ora os saltos circulares do tigre, ora o gingado estúpido do urso branco — esse monstro peludo, cuja forma imita muito vagamente a sua.

"Este monstro é um desses animais que, em geral, atendem por 'meu anjo!', isto é, uma mulher. O outro monstro, esse que grita a plenos pulmões, de bastão em punho, é um marido. Acorrentou sua legítima esposa como se fosse um animal, e a exibe pelos arrabaldes nos dias de feira, com permissão dos magistrados, é claro.

"Preste bem atenção! Veja com que voracidade (que não há de ser fingida!) ela estraçalha os coelhos vivos e as aves pipilantes que lhe atira o domador. 'Calma, calma', diz ele, 'não é para comer tudo num dia só', e, a essas sábias palavras, ele lhe arranca cruelmente a presa, cujas tripas desfeitas pendem por um instante ainda aos dentes da besta feroz, quero dizer, da mulher.

"E agora, eia!, uma boa pancada para acalmá-la! Pois ela solta chispas pelos olhos terríveis, tomados de gana pela comida que lhe levaram. Deus me livre, pois o bastão não é de farsa, você não ouviu como estala contra a carne, apesar dos pelos postiços? E agora os olhos lhe saltam das órbitas, ela ruge *mais natural-mente*. Em sua fúria, ela é só coriscos, como ferro batido na forja.

"Tais são os costumes conjugais destes dois descendentes de Adão e Eva, destas obras de tuas mãos, ó, meu Deus! Esta mulher é incontestavelmente infeliz, se bem que talvez, feitas as contas, os prazeres da glória não lhe sejam estranhos. Há infortúnios bem mais irremediáveis, e sem compensação. Mas, no mundo em que foi jogada, ela nunca teve ocasião de crer que uma mulher pudesse merecer outro destino.

"E agora acertemos nossas contas, minha querida pedante! Vendo os infernos de que o mundo é povoado, o que você espera que eu pense do seu inferno mimoso, você, que só repousa sobre tecidos tão suaves quanto sua pele, que só come carne bem passada, previamente cortada em pedacinhos por um criado hábil?

"O que podem significar para mim todos esses pequenos suspiros que lhe enchem o busto perfumado, minha robusta coquete? E todas essas afetações aprendidas nos livros, e essa incansável melancolia, feita para inspirar ao espectador um sentimento em tudo diverso da piedade? Para ser franco, volta e meia sou tomado pela vontade de lhe ensinar o que é desgraça de verdade.

"Ao vê-la assim, minha bela delicada, com os pés no lodo e os olhos vaporosamente voltados para o céu, como a suplicar por um senhor, qualquer um a tomaria por uma jovem rã a invocar o ideal. Se você despreza um rei resignado (como este que agora sou, você bem sabe), cuidado com o grou *que tritura, que engole e que trucida como quiser!*

"Por mais poeta que eu seja, não sou tão tolo quanto você gostaria de pensar, e se continuar a me cansar além da conta com seus preciosos *choramingos*, eu a tratarei como *mulher-fera* ou a jogarei pela janela, como uma garrafa vazia."

XII. AS MULTIDÕES

Não é dado a todos tomar um banho de multidão: desfrutar da multidão é uma arte; e só pode se permitir uma farra de vitalidade às expensas do gênero humano aquele a quem uma fada insuflou, ainda no berço, o gosto pelo disfarce e o amor à máscara, o ódio ao domicílio e a paixão da viagem.

Multidão, solidão: termos iguais e conversíveis para o poeta ativo e fecundo. Quem não sabe povoar a própria solidão tampouco saberá estar só em meio à multidão atarefada.

O poeta desfruta do incomparável privilégio de, a seu alvitre, poder ser ele mesmo e outrem. Como essas almas errantes em busca de um corpo, ele penetra, quando quer, no personagem de quem for. Apenas para ele há vagas em toda parte; e, se certos lugares parecem lhe fechar as portas, isso se dá porque, a seus olhos, não vale a pena visitá-los.

O passeante solitário e pensativo extrai uma singular embriaguez dessa comunhão universal. Aquele que esposa facilmente a multidão experimenta prazeres febris, dos quais serão eternamente privados o egoísta, fechado em si mesmo como um cofre, e o preguiçoso, encerrado como um molusco. Ele faz suas todas as profissões, todas as alegrias e todas as misérias que as circunstâncias lhe apresentam.

Isso que os homens chamam de amor é bem diminuto, bem restrito e bem frágil, comparado a essa inefável orgia, a essa santa prostituição da alma que se entrega por inteiro — poesia e caridade — ao imprevisto que se mostra, ao desconhecido que passa.

É bom, vez por outra, ensinar aos felizes deste mundo, mesmo que apenas para humilhar por um instante seu tolo orgulho, que há felicidades superiores às suas, mais vastas e mais refinadas. Os fundadores de colônias, os pastores dos povos, os padres missionários exilados nos confins do mundo decerto conhecem algo dessas misteriosas ebriedades; e, no seio da vasta família que seu gênio criou para si, talvez eles se riam, vez por outra, de quem os lamenta por sua sorte tão atribulada e por sua vida tão casta.

XIII. AS VIÚVAS

*Vauvenargues diz haver, nos jardins públicos, alamedas frequentadas principalmente pela ambição frustrada, pelos inventores fracassados, pelas glórias abortadas, pelos corações partidos, por toda sorte de almas turbulentas e fechadas em si mesmas, nas quais ainda rugem os últimos suspiros de uma borrasca e que recuam para longe do olhar insolente dos felizes e dos desocupados. Esses retiros sombrios são o ponto de encontro dos estropiados da vida.

É sobretudo para esses lugares que o poeta e o filósofo gostam de dirigir suas ávidas conjecturas. Lá encontram pasto certo. Pois se há um lugar que desdenham visitar, como eu insinuava há pouco, esse lugar é a felicidade dos ricos. Esse redemoinho no vazio não tem nada que os atraia. Ao contrário, sentem-se irresistivelmente arrastados rumo a tudo que é fraco, roto, triste, órfão.

Nessas horas, um olho experiente não se engana nunca. Nessas feições hirtas ou abatidas, nesses olhos cavos e baços ou senão brilhantes dos últimos lampejos da luta, nessas rugas profundas e numerosas, nesse andar tão lento ou tão entrecortado, ele decifra à primeira vista as inumeráveis lendas do amor traído, da devoção ignorada, dos esforços não recompensados, da fome e do frio humildemente, silenciosamente suportados.

Já viram alguma vez as viúvas que se sentam nesses bancos solitários, as viúvas pobres? Vistam luto ou não, é fácil reconhecê-las. De resto, sempre há no luto do pobre alguma coisa que falta, uma ausência de harmonia que o torna ainda mais desolador. Ele precisa baratear sua dor. O rico enverga a sua em grande estilo.

Qual é a viúva mais triste e mais entristecedora, a que leva pela mão uma criança com quem não pode partilhar seus devaneios ou aquela que anda sozinha a valer? Não sei...

Certa vez, cheguei mesmo a seguir, por longas horas, uma velha aflita dessa espécie: rija, empertigada, envolta num chalezinho gasto, ela acusava em todo o seu ser uma altivez de estoica. Estava evidentemente condenada, por uma absoluta solidão, a hábitos de solteirão, e o caráter masculino de suas maneiras acrescentava certo mistério picante a sua austeridade. Já não sei o que e em qual miserável café ela almoçou. Eu a segui até o gabinete de leitura; e a espiei longamente, enquanto ela procurava nas gazetas, com olhos ágeis, outrora calcinados pelas lágrimas, alguma notícia de interesse poderoso e pessoal.

Enfim, à tarde, sob um céu de outono encantador, um desses céus que prodigalizam pesares e lembranças, ela se sentou sozinha num jardim, para escutar um desses concertos com que a banda dos regimentos gratifica o povo de Paris.

Talvez aquele fosse o magro festim daquela velha inocente (ou daquela velha purificada), o consolo bem-merecido depois de mais uma das árduas jornadas sem amigo, sem conversa, sem alegria, sem confidente, que Deus deixava cair sobre suas costas — talvez há muito tempo! — trezentas e sessenta e cinco vezes por ano.

Mais uma:

Jamais pude deixar de lançar um olhar curioso, se não universalmente compassivo, sobre a multidão de párias que se apinham junto à grade de um concerto público. A orquestra difunde pela noite seus cantos de festa, de triunfo ou de volúpia. Os vestidos se arrastam; os olhos se cruzam, os desocupados, cansados de não ter nada para fazer, desfilam para cima e para baixo, fingindo degustar folgadamente a música. Não há nada aqui que não seja rico, feliz; nada que não respire ou inspire a placidez e o prazer de se deixar viver; nada, exceto o aspecto dessa turba que, mais para lá, se encosta à grade exterior, apanhando grátis, ao sabor do vento, um fiapo de música e espiando a reluzente fornalha interior.

É sempre de grande interesse esse reflexo da alegria do rico no fundo dos olhos do pobre. Mas, naquele dia, em meio àquele povo que vestia blusa e chita, percebi um ser cuja nobreza fazia um gritante contraste com toda a trivialidade ambiente.

Era uma mulher alta, majestosa e de ar tão nobre, que não recordo ter visto igual nas coleções de belezas aristocráticas do passado. Um perfume de altiva virtude emanava de toda a sua pessoa. Seu rosto, triste e emaciado, estava em perfeita harmonia com o luto fechado que levava. Também ela, como a plebe a que estava misturada e que ela não via, também ela espiava o mundo luminoso com um olho profundo, e escutava balançando de leve a cabeça.

Singular visão! "Com certeza", eu disse comigo, "essa pobreza, se pobreza for, não se rebaixa à economia sórdida; esse rosto tão nobre não me deixa mentir. Por que, então, permanece voluntariamente num meio em que destoa de modo tão gritante?"

Mas, passando perto dela, movido pela curiosidade, julguei adivinhar a razão. A viúva alta segurava pela mão uma criança, vestida de preto como ela; por mais módico que fosse o preço da entrada, o mesmo valor talvez bastasse para pagar alguma das necessidades da criatura ou, quem sabe, melhor ainda, um mimo, um brinquedo.

E ela terá voltado para casa a pé, meditando e sonhando, só, sempre só; pois a criança é turbulenta, egoísta, sem candura e sem paciência — e não saberia, como o mero animal, como o cão ou o gato, servir de confidente para os sofrimentos solitários.

XIV. O VELHO SALTIMBANCO

Por toda parte exibia-se, espalhava-se, fartava-se o povo em dia de folga. Era uma dessas solenidades com as quais longamente contam os saltimbancos, os prestidigitadores, os domadores de animais e os vendedores ambulantes, para compensar as más temporadas do ano.

Nesses dias, tenho a impressão de que o povo esquece tudo, o sofrimento e o trabalho; mais parece um bando de crianças. Para os pequenos, é um dia feriado, é o horror da escola adiado por vinte e quatro horas. Para os grandes, é um armistício concluído com as potências malignas da vida, um respiro em meio à contenda e à luta universais.

Mesmo os homens do mundo, mesmo os homens às voltas com trabalhos espirituais dificilmente escapam à influência desse jubileu popular. Eles absorvem, sem notar, seu quinhão dessa atmosfera de desafogo. No que me toca, eu nunca deixo, como bom parisiense, de passar em revista todas as barracas que se enfeitam para essas ocasiões solenes.

De fato, elas faziam uma formidável concorrência umas às outras: era um tal de piar, mugir, berrar. Era uma mistura de gritos, clarins e detonações de foguetes. Os bufões e os palhaços esgarçavam os traços de seus rostos morenos, curtidos pelo vento, a chuva e o sol; com o garbo de atores seguros de seu efeito, lançavam tiradas e chacotas de uma graça sólida e pesada como a de Molière. Os hércules, ciosos da enormidade de seus membros, sem testa nem crânio, à maneira dos orangotangos, pavoneavam-se majestosamente, metidos em malhas lavadas de véspera para a ocasião. As dançarinas, belas como fadas ou princesas, pulavam e saltitavam sob a luz das lanternas que faziam faiscar suas saias.

Tudo era luz, poeira, gritaria, alegria, tumulto; uns gastavam, outros ganhavam, uns e outros igualmente alegres.

As crianças se penduravam à saia das mães para ganhar algum pirulito ou trepavam aos ombros dos pais para ver melhor um ilusionista, deslumbrante como um deus. E por toda parte circulava, dominando todos os perfumes, um cheiro de fritura que era como o incenso dessa festa.

No fim, no extremo da fileira de barracas, como se, envergonhado, ele tivesse exilado a si mesmo de todos esses esplendores, vi um pobre saltimbanco, arqueado, caduco, decrépito, uma ruína de homem, encostado a uma das estacas de sua cabana; uma cabana mais miserável que a do selvagem mais bruto, com dois tocos de vela que, escorrendo e fumegando, iluminavam bem demais a desgraça ao redor.

Em toda parte, a alegria, o lucro, a gandaia; em toda parte, a certeza do pão de amanhã; em toda parte, a explosão frenética de vitalidade. Aqui, a miséria absoluta, a miséria ataviada — para cúmulo do horror — de andrajos cômicos, em que a necessidade, bem mais que a arte, introduzira os contrastes. Ele não ria, o miserável! Não chorava, não dançava, não gesticulava, não gritava; não cantava nenhuma canção, nem alegre, nem lamurienta, não implorava. Estava mudo e imóvel. Tinha renunciado, tinha abdicado. Seu destino estava selado.

Mas que olhar profundo, inesquecível, ele passeava pela multidão e pelas luzes, para essa maré que se detinha a alguns passos de sua repulsiva miséria! Senti a garganta apertada pela mão terrível da histeria, e senti que meu olhar era ofuscado por lágrimas rebeldes, dessas que não querem cair.

Que fazer? De que serviria perguntar ao infeliz qual curiosidade, qual maravilha ele tinha para mostrar naquelas trevas fétidas, atrás da cortina esfrangalhada? A verdade é que eu não tinha coragem; e, por mais que a razão de minha timidez pareça risível, devo admitir que tinha medo de humilhá-lo. Por fim, eu já me resolvia a deixar discretamente algum dinheiro sobre uma das tábuas da cabana, fazendo votos de que ele adivinhasse minha intenção, quando um grande refluxo de povo, causado sabe-se lá por qual tumulto, me arrastou para longe dele.

E, voltando-me para trás, obcecado por aquela visão, tentei analisar o meu súbito sofrimento, e disse comigo mesmo: acabo de ver uma imagem do velho homem de letras que sobreviveu à geração que ele soube divertir com brilhantismo; uma imagem do velho poeta sem amigos, sem família, sem filhos, degradado pela miséria e pela ingratidão pública, numa barraca em que mais ninguém quer entrar!

XV. O BOLO

Eu viajava. A paisagem em meio à qual me encontrava era de uma imensidão e de uma nobreza irresistíveis. Algo disso terá penetrado então em minha alma. Meus pensamentos esvoaçavam com leveza igual à da atmosfera; as paixões vulgares, como o ódio ou o amor profano, me pareciam agora tão distantes quanto as névoas que desfilavam ao fundo dos abismos a meus pés; minha alma parecia tão vasta e tão pura quanto a cúpula do céu que me envolvia; a recordação das coisas terrestres chegava mitigada e diminuída até mim, como o som da sineta do rebanho imperceptível que passava longe, bem longe, na encosta de outra montanha. Na superfície do pequeno lago imóvel, negro de tão imensamente profundo, passava vez por outra a sombra de uma nuvem, como se fosse o reflexo do manto de um gigante aéreo voando pelo céu. E recordo que essa sensação solene e rara, causada por um vasto movimento perfeitamente silencioso, enchia-me de uma alegria misturada ao medo. Em suma, eu me sentia, graças à entusiasmante beleza que me cercava, em perfeita paz comigo e com o universo; creio até que, em perfeita beatitude e em total esquecimento de todo o mal terreno, já nem julgava tão ridículos os jornais que afirmam que o homem nasce bom — até que, a matéria incurável renovando suas exigências, pensei em me reparar da fadiga e acalmar o apetite que causa uma ascensão tão longa. Tirei do bolso um belo naco de pão, um copo de couro e um frasco de certo elixir que, naquele tempo, os farmacêuticos vendiam aos turistas, para que o mesclassem à água das neves.

Estava cortando tranquilamente meu pão, quando um levíssimo ruído me fez erguer a vista. Diante de mim estava um serzinho esfarrapado, tisnado, desgrenhado, de uns olhos cavos, ferozes e, por assim dizer, suplicantes, que devoravam o naco de pão. E eu o ouvi suspirar, numa voz baixa e rouca, a palavra "bolo!". Não pude deixar de rir ao escutar o nome com que ele honrava meu pão quase branco, e cortei uma bela fatia, que lhe ofereci. Ele se aproximou devagar, sem tirar os olhos do objeto de sua cobiça; então, capturando o pedaço com a mão, recuou rápido, como se temesse que a oferta não fosse sincera ou que eu já fosse me arrependendo da mesma.

Mas, no mesmo instante, foi derrubado por outro pequeno selvagem, saído sabe-se lá de onde, e tão perfeitamente semelhante ao primeiro que seria possível tomá-lo por um irmão gêmeo. Juntos, rolaram pelo chão, disputando entre si a preciosa presa, nenhum dos dois parecendo querer sacrificar metade pelo irmão. O primeiro, exasperado, puxou o segundo pelos cabelos; este meteu-lhe os dentes na orelha e cuspiu um pedacinho sangrento, acompanhado de um soberbo palavrão no patoá do lugar. O legítimo proprietário do bolo tentou enfiar as garrinhas nos olhos do usurpador, que, por sua vez, dedicou todas as forças a estrangular o adversário com uma das mãos, enquanto tratava, com a outra, de deslizar para dentro do bolso o prêmio do combate. Contudo, reavivado pelo desespero, o vencido se recuperou e derrubou o vencedor com uma cabeçada no estômago. De que vale descrever sua luta hedionda, que afinal durou mais tempo do que suas forças infantis pareciam prometer? O bolo viajava de mão em mão e trocava de bolso a cada instante; mas, ai de mim!, ele mudava igualmente de volume; e quando, enfim, extenuados, ofegantes, ensanguentados, os dois pararam, por incapazes de continuar, a verdade é que já não havia mais razão para a batalha; o pedaço de pão tinha desaparecido, espalhado em migalhas semelhantes aos grãos de areia com que agora estava misturado.

Esse espetáculo ensombrecera a paisagem, e a alegria serena em que se comprazia minha alma antes de ver aqueles dois pequenos dissipara-se por completo; aquilo me entristeceu por muito tempo, e eu me repetia sem parar: "Há, pois, uma região soberba em que o pão se chama *bolo*, iguaria tão rara, que basta para engendrar uma guerra perfeitamente fratricida!".

XVI. O RELÓGIO

Os chineses veem as horas no olho dos gatos.

Certo dia, passeando pelos arrabaldes de Nanquim, um missionário percebeu que esquecera o relógio e perguntou a um menino que horas eram.

De início, o rapazola do Celeste Império hesitou; em seguida, pensando melhor, respondeu: "Já lhe digo". Voltou poucos instantes depois, com um gato dos grandes nos braços, e, encarando-o, como se diz, no branco dos olhos, afirmou sem hesitar: "Ainda não deu meio-dia". Era verdade.

Quanto a mim, se me debruço sobre a bela Féline, que bem merece o nome e que é, a um só tempo, a glória do seu sexo, o orgulho do meu coração e o perfume do meu espírito, seja noite, seja dia, à luz plena ou à sombra opaca, vejo sempre, no fundo de seus olhos adoráveis, a hora exata, sempre a mesma, uma hora vasta, solene, ampla como o espaço, sem divisão em minutos ou segundos — uma hora imóvel, que os relógios não marcam, e contudo leve como um suspiro, rápida como uma olhadela.

E caso algum importuno viesse me perturbar enquanto meu olhar repousasse sobre esse delicioso relógio de sol, caso algum Gênio desleal e intolerante, algum Demônio do contratempo viesse me dizer: "O que perscrutas aí com tanto afinco? O que procuras nos olhos dessa criatura? Vês as horas, mortal pródigo e ocioso?", eu responderia sem hesitar: "Sim, vejo as horas, vejo a Eternidade agora!".

Não é este, senhora, um madrigal mais que meritório e tão enfático quanto a sua pessoa? E a verdade é que tive tanto prazer em bordar este galanteio pretensioso, que não lhe pedirei nada em troca.

XVII. UM HEMISFÉRIO NUMA CABELEIRA

Deixa-me respirar longa, longamente, o cheiro dos teus cabelos, mergulhar neles todo o meu rosto, feito homem alterado n'água de uma fonte, e agitá-los como um lenço perfumado, para espalhar lembranças pelo ar.

Se pudesses saber tudo o que vejo, tudo o que sinto, tudo o que ouço em teus cabelos! Minha alma viaja por obra do perfume como a alma dos outros homens por obra da música.

Teus cabelos contêm todo um sonho, repleto de velames e de mastros; eles contêm vastos mares, cujas monções me transportam a climas de encanto, onde o espaço é mais azul e mais profundo, onda a atmosfera é perfumada pelas frutas, as folhas e a pele humana.

No oceano da tua cabeleira, eu entrevejo um porto fervilhante de cantos melancólicos, de homens vigorosos de todas as nações, de navios de todas as formas, recortando sua arquitetura fina e complicada contra um céu imenso, em que se difunde o eterno calor.

Nas carícias da tua cabeleira, eu reencontro os langores das longas horas passadas num divã, na cabine de um belo navio, embaladas pela marola imperceptível do porto, entre vasos de flores e bilhas d'água refrescante.

No recinto ardente da tua cabeleira, eu respiro o cheiro do tabaco misturado ao ópio e ao açúcar; na noite da tua cabeleira, eu vejo brilhar o infinito do azul tropical; nas margens macias da tua cabeleira, eu me embriago com o cheiro combinado do alcatrão, do almíscar e do óleo de coco.

Deixa-me morder longamente tuas tranças cheias e escuras. Quando mordisco teus cabelos elásticos e rebeldes, sinto que mastigo lembranças.

XVIII. O CONVITE À VIAGEM

Contam que há um país soberbo, um país de Cocanha, que sonho visitar com uma velha amiga. País sem igual, imerso nas brumas do nosso Norte, e que bem se poderia chamar o Oriente do Ocidente, a China da Europa, a tal ponto a cálida e caprichosa fantasia deixou ali a sua marca, a tal ponto ela o ilustrou, paciente e pertinaz, com suas sábias e refinadas vegetações.

Um verdadeiro país de Cocanha, onde tudo é belo, rico, tranquilo, honrado; onde o luxo se compraz em se mirar na ordem; onde a vida é farta e suave de se respirar; donde a desordem, o tumulto e o imprevisto estão excluídos; onde a felicidade esposou o silêncio; onde mesmo a cozinha é poética, farta e excitante a um só tempo; onde tudo se parece contigo, meu anjo amado.

Conheces essa moléstia febril que se apossa de nós em meio às frias misérias, essa nostalgia de um país que ignoramos, essa curiosidade angustiada? Há uma terra que se parece contigo, onde tudo é belo, rico, tranquilo e honrado, onde a fantasia construiu e decorou uma China ocidental, onde a vida é suave de se respirar, onde a felicidade esposou o silêncio. É lá que se deve ir a viver, é lá que se deve ir a morrer!

Sim, é lá que se deve ir a respirar, sonhar e prolongar as horas pelo infinito das sensações. Um músico escreveu o *Convite à valsa*; quem há de compor um *Convite à viagem* que se possa oferecer à mulher amada, à irmã de eleição?

Sim, é nessa atmosfera que seria bom viver — lá, onde as horas mais lentas contêm mais pensamentos, onde os relógios fazem soar a felicidade em tom solene, mais profundo e mais significativo.

Sobre painéis luzidios ou sobre couros dourados, de uma riqueza sombria, vivem discretamente pinturas beatas, calmas e profundas como a alma dos artistas que as criaram. Os poentes, que colorem tão ricamente o salão de jantar ou a sala mais íntima, são filtrados pelos belos tecidos ou por essas altas janelas trabalhadas que o chumbo divide em numerosos compartimentos. Os móveis são vastos, curiosos, estranhos, armados de fechaduras e de segredos, como as almas refinadas. Os espelhos, os metais, os tecidos, o ouro e a faiança executam para os olhos uma sinfonia muda e misteriosa; e, de todas as coisas, de todos os lados, das fissuras das gavetas e das dobras dos tecidos, desprende-se um perfume único, uma *saudade* de Sumatra que é como a alma do apartamento.

Um verdadeiro país de Cocanha, eu te afianço, onde tudo é rico, asseado e luzidio como uma consciência limpa, como uma magnífica bateria de cozinha, como uma esplêndida ourivesaria, como uma joalharia multicor! Os tesouros do mundo afluem para ali, como à casa de um homem laborioso e que fez por merecer aos olhos do mundo inteiro. País único, superior aos outros, assim como a Arte supera a Natureza, onde esta é reformada pelo sonho e corrigida, embelezada, refundida.

Busquem e tornem a buscar, dilatem sempre mais os limites de sua felicidade, ó, alquimistas da horticultura! Ofereçam prêmios de sessenta e de cem mil florins para quem solucionar seus ambiciosos problemas! Quanto a mim, eu já encontrei minha *tulipa negra* e minha *dália azul*!

Flor incomparável, tulipa reencontrada, alegórica dália, não é bem ali, nesse belo país de calma e devaneio, que se deveria ir a viver e florescer? Não serias ali emoldurada por tua analogia, não poderias ali te mirar, para falar como os místicos, em tua própria *correspondência*?

Sonhos! Sempre sonhos! E quanto mais a alma é ambiciosa e delicada, tão mais os sonhos se afastam do possível. Cada homem carrega consigo sua dose de ópio natural, sem cessar secretada e renovada, e, do nascimento à morte, quantas são as horas repletas de prazer positivo, de ação feliz e resoluta?

Alguma vez viveremos, alguma vez penetraremos nesse quadro que meu espírito pintou, nesse quadro que se parece contigo?

Esses tesouros, esses móveis, esse luxo, essa ordem, esses perfumes, essas flores miraculosas, tudo isso és tu. Tu és ainda esses grandes rios e esses canais tranquilos. Esses enormes navios que eles conduzem, tão carregados de riquezas e dos quais se elevam os cantos monótonos da manobra, são meus pensamentos que dormem ou que navegam em teu seio. Tu os levas docemente rumo ao mar que é o Infinito, refletindo as profundezas do céu na limpidez da tua bela alma — e quando, fatigados pelas vagas e abarrotados de produtos do Oriente, eles entram no porto natal, são ainda meus pensamentos que, agora mais ricos, tornam do Infinito de volta para ti.

XIX. O BRINQUEDO DO POBRE

Quero propor um passatempo inocente. São tão poucas as distrações livres de culpa!

Quando sair de casa pela manhã com a intenção firme de flanar pelas grandes vias, encha seus bolsos de pequenos brinquedos de um tostão — como o polichinelo pendurado a um barbante, os dois ferreiros que batem na bigorna, o cavaleiro e sua montaria, cujo rabo é um apito — e, ao sabor dos botequins, ao pé das árvores, ofereça-os às crianças pobres e desconhecidas que encontrar pelo caminho. Você verá como os olhos delas se dilatam desmesuradamente. De início, não ousarão pegar os brinquedos; duvidarão da própria felicidade. Depois, suas mãos agarrarão bruscamente o presente, e elas sairão correndo como gatos que, tendo aprendido a desconfiar dos homens, comem a distância o bocado que lhes dão.

Numa estrada, atrás do gradil que encerra um vasto jardim, ao fundo do qual surgia a brancura de um lindo castelo iluminado pelo sol, estava um menino bonito e corado, metido em roupas de campo mais que mimosas.

O luxo, a indolência e o espetáculo consabido da riqueza tornam essas crianças tão belas que mais parecem feitas de matéria distinta dos filhos da mediocridade ou da pobreza.

A seu lado, sobre o gramado, jazia um brinquedo esplêndido, tão luzidio quanto seu dono, colorido, dourado, em trajes púrpura e coberto de plumas e lantejoulas. Mas o menino mal cuidava de seu brinquedo favorito, e eis o que mirava!

Do outro lado do gradil, à beira da estrada, entre os cardos e as urtigas, havia outro menino, sujo, mirrado, fuliginoso, um desses moleques-párias em que o olho imparcial descobriria a beleza, se — como o olho do conhecedor adivinha uma pintura ideal atrás de um verniz de carroceiro — fosse capaz de limpá-lo da repugnante pátina da miséria.

Através das barras simbólicas que separam esses dois mundos, a estrada e o castelo, o menino pobre mostrava ao menino rico seu próprio brinquedo, que este último examinava avidamente, como um objeto raro e desconhecido. Ora, o brinquedo que o pequeno sebento cutucava, balançava e sacudia dentro de uma gaiola era um rato vivo! Os pais, talvez por economia, tinham improvisado o brinquedo com o que a vida lhes dava.

E os dois meninos sorriam um para o outro, fraternalmente, com dentes de *igual* brancura.

XX. OS DONS DAS FADAS

Era uma grande assembleia de Fadas, a fim de proceder à distribuição de dons entre os recém-nascidos, chegados à vida havia vinte e quatro horas.

Essas antigas e caprichosas Irmãs do Destino, essas estranhas Mães da alegria e da dor eram todas muito diversas: estas tinham um ar sombrio e ranzinza; aquelas, um jeito esperto e brejeiro; umas, jovens, sempre tinham sido jovens; outras, velhas, sempre tinham sido velhas.

Todos os pais que têm fé nas Fadas tinham acorrido, cada qual carregando seu recém-nascido nos braços.

Os Dons, as Faculdades, os Acasos felizes, as Circunstâncias invencíveis estavam acumulados ao lado do tribunal, como prêmios no estrado ao fim do ano escolar. O que havia de singular aqui era que os Dons não eram a recompensa por um esforço, mas, bem ao contrário, uma graça concedida a quem ainda nem havia vivido, uma graça capaz de determinar seu destino e vir a ser a fonte tanto de seu infortúnio como de sua fortuna.

As pobres Fadas andavam ocupadíssimas, pois a multidão de solicitantes era grande, e o mundo intermediário, postado entre o homem e Deus, está submetido, como nós, à terrível lei do Tempo e de sua infinita posteridade, os Dias, as Horas, os Minutos, os Segundos.

A verdade é que elas estavam tão atônitas quanto ministros em dia de audiência ou empregados do Montepio quando um feriado nacional autoriza saques sem custos. Creio até que, de tanto em tanto, elas espiavam a agulha do relógio com a mesma impaciência de juízes humanos que, em sessão desde a manhã, não podem se impedir de sonhar com o jantar, com a família, com suas queridas pantufas. Se mesmo na justiça sobrenatural pode haver lugar para algum acaso ou precipitação, não nos surpreendamos se a justiça humana também for assim — nós mesmos, em situação semelhante, talvez fôssemos juízes injustos.

Desse modo, naquele dia, cometeram-se alguns deslizes que poderiam parecer estranhos, se a prudência, mais que o capricho, fosse o traço eterno e distintivo das Fadas.

Assim, o poder de atrair magneticamente a fortuna foi entregue ao único herdeiro de uma família riquíssima, o qual, tão destituído de todo sentido de caridade como de toda cobiça pelos bens mais visíveis da vida, mais tarde se veria prodigiosamente constrangido diante de seus milhões.

Assim também, o amor ao Belo e o Estro poético foram concedidos ao filho de um pobre-diabo, cavouqueiro de ofício, que não tinha por onde nutrir as faculdades ou saciar os desejos de sua deplorável progênie.

Esqueci de lhes contar que a decisão, nesses casos solenes, não admite recurso, e que nenhum dom pode ser recusado.

Todas as Fadas já iam se levantando, julgando cumprida a corveia; pois não restava nenhum presente, nenhuma benesse a ser atirada àquele rebotalho humano, quando um sujeito, pobre comerciante, salvo engano, ergueu-se e, puxando pelo manto de vapores multicoloridos a Fada mais próxima, exclamou:

— Ei, dona, não vá esquecer! Ainda tem o meu pequeno! Não vim aqui para voltar de mãos abanando!

A Fada estava em maus lençóis, pois não restava mais *nada*. Contudo, lembrou-se a tempo de uma lei bem conhecida, se bem que raramente aplicada no mundo sobrenatural, habitado por divindades impalpáveis — como as Fadas, os Gnomos, as Salamandras, as Sílfides, os Silfos, as Nixes, os Ondins e as Ondinas —, simpáticas ao homem e muitas vezes obrigadas a se adaptar a suas paixões; a saber, a lei que concede a uma Fada, em caso de esgotamento dos prêmios, a faculdade de conceder mais um, suplementar e excepcional, contanto que tenha imaginação bastante para criá-lo de imediato.

Então a boa Fada respondeu, com um aprumo digno de sua condição:

— Concedo a seu filho... concedo... concedo a ele o *dom de agradar*!

— Mas como assim, "agradar"? Agradar? Agradar por quê? — perguntou obstinado o pequeno comerciante, que talvez fosse um desses raciocinadores que há por aí, incapazes de se elevar à lógica do Absurdo.

— Porque sim, porque sim! — replicou a Fada agastada, dando-lhe as costas; e, juntando-se às companheiras, ela lhes dizia: — E o que me dizem desse francesinho metido a besta? Quer entender tudo e, depois de conseguir o melhor prêmio para o filho, ainda ousa questionar e discutir o indiscutível!

XXI. AS TENTAÇÕES
OU EROS, PLUTO E A GLÓRIA

Noite passada, dois soberbos Satãs e uma Diaba não menos extraordinária subiram a escadaria misteriosa pela qual o Inferno parte em ataque à fraqueza do homem que dorme e se comunica em segredo com ele. Vieram se postar a minha frente, em pé, como num estrado. Um esplendor sulfuroso emanava daqueles três personagens, que assim se destacavam do fundo opaco da noite. Tinham um ar tão altaneiro, tão imperioso, que de início eu os tomei por três Deuses de verdade.

O rosto do primeiro Satã era de sexo ambíguo, e também nas linhas de seu corpo se via a flacidez dos antigos Bacos. Seus belos olhos lânguidos, de uma cor tenebrosa e indecisa, pareciam violetas carregando ainda as pesadas lágrimas da tempestade, e seus lábios entreabertos eram como turíbulos ardentes, donde se exalava o cheiro bom de uma perfumaria; e, cada vez que ele suspirava, insetos almiscarados se iluminavam, esvoaçantes, ao calor de seu hálito.

Ao redor de sua túnica de púrpura, enrolava-se, à maneira de cinturão, uma serpente multicolorida que, erguendo a cabeça, mirava-o langorosamente com seus olhos de brasa. Desse cinturão vivo, pendiam, entre frascos repletos de algum liquor sinistro, reluzentes facas e instrumentos de cirurgia. Na mão direita, segurava mais um frasco, cujo conteúdo era de um rubro luminoso e que exibia, à maneira de etiqueta, estas palavras estranhas: "Bebe, este é meu sangue, tônico sem igual"; na esquerda, levava um violino, que decerto lhe servia para cantar o prazer e o penar, bem como a difundir o contágio da loucura nas noites de sabá.

Prendiam-se a seus tornozelos delgados uns quantos anéis de uma corrente de ouro partida; e quando era forçado pelo incômodo a baixar a vista, ele contemplava vaidosamente as unhas de seus pés, brilhantes e polidas como pedrarias bem trabalhadas.

Ele me fitou com seus olhos de inconsolável desolação, dos quais manava uma insidiosa embriaguez, e me disse com voz cantante: "Se quiseres, se quiseres, farei de ti o senhor das almas, e tu serás o senhor da matéria viva, mais do que o escultor pode sê-lo diante da argila; tu conhecerás o prazer, sem cessar renovado, de sair de ti mesmo para te esqueceres em outrem, e ainda o prazer de atrair as outras almas até que se confundam com a tua".

E eu respondi a ele: "Muito agradecido! Não tenho nada que fazer com essa pacotilha de seres que não devem valer mais que meu pobre eu. Por mais que tenha alguma vergonha de recordar, tampouco quero esquecer; e mesmo que eu não te conhecesse, velho monstro, pois bem!, tua misteriosa cutelaria, teus frascos equívocos, as cadeias que entravam teus pés são símbolos que demonstram com toda clareza os inconvenientes de tua amizade. Fica com teus presentes."

O segundo Satã não tinha nem esse ar a um só tempo trágico e sorridente, nem essas belas maneiras insinuantes, nem essa beleza delicada e perfumada. Era um homem vasto, de rosto largo, sem olhos, a pesada pança tombando sobre as coxas e a pele toda dourada e ilustrada, como uma tatuagem, por uma profusão de pequenas figuras movediças, representando as muitas formas da miséria universal. Havia ali homúnculos descarnados que se penduravam voluntariamente a um prego; havia pequenos gnomos magros, disformes, de olhos suplicantes, que reclamavam a esmola melhor do que fariam suas mãos trêmulas; e ainda velhas mães que levavam abortos agarrados a suas tetas extenuadas. Havia muitos mais.

O gordo Satã batia com os punhos contra o imenso ventre, donde saía um longo e retumbante tilintar de metal, terminando num vago gemido, feito de muitas vozes humanas.

E ele ria, exibindo sem pudor os dentes estragados, num enorme riso imbecil, o riso dos homens que, pouco importa em qual país, jantaram bem demais.

E esse então me disse: "Posso te dar o que tudo franqueia, o que tudo vale, o que tudo substitui!". E voltou a bater sobre o ventre monstruoso, como comentário à promessa boçal.

Eu me virei com asco e respondi: "Não preciso, para meu prazer, da miséria de ninguém; e não quero saber de uma riqueza acabrunhada, como um papel de parede, por todas as desgraças representadas na tua pele".

Quanto à Diaba, eu mentiria se não confessasse que, à primeira vista, notei nela um estranho encanto. Para definir esse encanto, eu não saberia compará-lo senão ao das mulheres belíssimas em seu declínio, quando não envelhecem mais, quando sua beleza conserva a magia penetrante das ruínas. Tinha o ar a um só tempo imperioso e desengonçado, e os olhos, mesmo abatidos, guardavam uma força fascinante. Mas o que mais me prendeu foi o mistério de sua voz, na qual eu reencontrava tanto a lembrança dos *contralti* mais requintados como algo da rouquidão das gargantas lavadas e relavadas pela aguardente.

"Queres conhecer os meus poderes?", disse a falsa deusa, com sua voz encantadora e paradoxal. "Escuta."

E embocou então uma gigantesca trombeta, enfeitada, como uma avena, de fitas em que se liam os cabeçalhos de todos os jornais do universo; e por meio dessa trombeta ela gritou meu nome, que rolou espaço afora com o ruído de cem mil trovões antes de voltar para mim, repercutido pelo eco do mais longínquo planeta.

"Que diabo!", exclamei, já meio à mercê. "Enfim, alguma coisa de precioso!" Mas, ao examinar com mais atenção a sedutora virago, tive a vaga sensação de a reconhecer, por tê-la visto brindando com uns fulanos meus conhecidos; e o som rouco do cobre trouxe a meus ouvidos sabe-se lá qual recordação de uma trombeta prostituída.

Então respondi com todo meu desprezo: "Fora daqui! Não fui feito para me casar com a amante de certa gente que nem quero nomear."

Não resta dúvida, eu bem podia me orgulhar de tão corajosa abnegação. Mas infelizmente despertei, e todas as minhas forças me abandonaram. "A verdade", disse comigo, "é que eu devia estar bem pesadamente adormecido para demonstrar tais escrúpulos. Ah, se eles voltassem quando eu estivesse acordado, eu não me faria tão de rogado assim!"

E eu os invoquei em voz alta, suplicando que me perdoassem, dizendo-me pronto a me desonrar tantas vezes quanto fosse preciso para merecer seus favores; mas certamente eu os ofendera a valer, pois nunca mais voltaram.

XXII. O CREPÚSCULO DA TARDE

O dia cai. Uma grande serenidade se faz nos pobres espíritos, fatigados pela labuta do dia; e seus pensamentos assumem agora as cores gentis e indecisas do crepúsculo.

Contudo, do alto da montanha chega a minha sacada, através das nuvens transparentes da noite, um grande uivo, composto de uma multidão de gritos discordes, que o espaço transforma numa lúgubre harmonia, como a de uma maré que sobe ou de uma tempestade que desperta.

Quem são os infelizes que a noite não acalma e que, à maneira das corujas, tomam a chegada da noite por um sinal para o sabá? Esse sinistro ulular nos chega do negro hospício encarapitado sobre a montanha; e, à noite, fumando e contemplando o sossego do imenso vale, eriçado de casas em que cada janela diz "Aqui reina a paz, aqui reina a felicidade da família!", eu posso, quando o vento sopra lá de cima, embalar meu pensamento, pasmo diante dessa imitação das harmonias do inferno.

O crepúsculo excita os loucos. — Recordo que tive dois amigos que o crepúsculo fazia cair doentes. Um deles ignorava, então, todas as relações de amizade e cortesia, e maltratava, feito um selvagem, o primeiro que aparecesse. Eu o vi atirar contra a cabeça de um garçom um frango saboroso, no qual julgava ver sabe-se lá qual infame hieróglifo. A noite, precursora das volúpias profundas, estragava para ele as coisas mais suculentas.

O outro, um ambicioso fracassado, tornava-se, à medida que caía a tarde, mais amargo, mais sombrio, mais maçante. Indulgente e sociável durante o dia, era impiedoso à noite; e não era apenas contra os outros, mas também contra si mesmo que se exercia furiosamente sua mania crepuscular.

O primeiro morreu louco, incapaz de reconhecer a mulher e o filho; o segundo carrega consigo o desassossego de uma angústia perpétua, e por mais que o gratificassem com todas as honrarias que as repúblicas e os príncipes podem conceder, creio que o crepúsculo ainda assim acenderia nele a gana ardente por distinções imaginárias. A noite, que lançava trevas no espírito de ambos, lança a luz no meu; e, embora não seja raro ver uma mesma causa engendrar dois efeitos contrários, não deixo nunca de ficar um tanto intrigado e alarmado.

Ó, noite, ó, treva refrescante! Tu és para mim o sinal para uma festa interior, a redenção de uma angústia! Na solidão das planícies, nos labirintos pedregosos de uma capital, tu és — cintilar das estrelas, explosão das lanternas — o fogo de artifício da deusa Liberdade!

Crepúsculo, como és doce e gentil! As luzes róseas que ainda se demoram no horizonte, como num agonizar do dia sob a opressão vitoriosa da noite, os fogos dos candelabros que formam manchas de um vermelho opaco sobre as últimas glórias do poente, as pesadas cortinas que uma mão invisível arrasta das profundezas do Oriente imitam todos os sentimentos complicados que lutam no coração do homem nas horas solenes da vida.

Ou talvez sejas um desses estranhos vestidos das bailarinas, em que uma gaze transparente e sombria deixa entrever os esplendores mitigados de uma saia deslumbrante, assim como a escuridão presente é trespassada por um delicioso passado; e talvez as estrelas vacilantes de ouro e de prata que a semeiam representem as chamas da fantasia, que só ardem com vigor sob o luto profundo da Noite.

XXIII. A SOLIDÃO

Um jornalista filantropo me afiança que a solidão faz mal ao homem; e, para apoiar sua tese, ele cita, como todos os incrédulos, as palavras dos Pais da Igreja.

Sei que o Demônio frequenta de bom grado os lugares áridos e que o Espírito do assassinato e da lubricidade se inflama misteriosamente nas paragens ermas. Mas pode bem ser que essa solidão só seja perigosa para a alma ociosa e divagadora, que a povoa com suas paixões e suas quimeras.

Não há dúvida de que um tagarela, cujo supremo prazer consiste em falar do alto de uma cátedra ou de uma tribuna, correria forte risco de virar louco furioso na ilha de Robinson. Não exijo do meu jornalista as corajosas virtudes de Crusoé, mas exijo que não pronuncie acusação contra os amantes da solidão e do mistério.

Em nossas raças falastronas, há indivíduos que aceitariam com menos repugnância o suplício supremo se pudessem fazer, do alto do cadafalso, uma copiosa arenga, sem temer que os tambores de Santerre lhes cortassem intempestivamente a palavra.

Não os lamento, pois entrevejo que suas efusões oratórias proporcionam-lhes volúpias iguais às que outros extraem do silêncio e do recolhimento; mas eu os desprezo.

Desejo, sobretudo, que meu maldito jornalista consinta que eu me divirta a minha maneira. "O senhor nunca sente", ele me diz em tom fanhosamente apostólico, "a necessidade de partilhar seus prazeres?" Vejam só que sutil invejoso! Bem sabe que eu desdenho os seus prazeres e, pavoroso estraga-prazeres, vem se insinuar nos meus!

"Grande infortúnio, o de não poder estar só!...", escreve La Bruyère em alguma passagem, como para envergonhar todos os que correm para esquecer de si mesmos em meio à multidão, talvez temendo não saber como suportar a si mesmos.

"Quase todos os nossos infortúnios nos vêm por não sabermos ficar em nossos quartos", diz um outro sábio — Pascal, creio eu —, chamando de volta à cela do recolhimento todos esses estouvados que procuram a felicidade no movimento e numa prostituição que eu poderia chamar de *fraternitária*, caso quisesse falar a bela língua do meu século.

XXIV. OS PROJETOS

Ele se dizia, passeando por um grande parque solitário: "Como ela ficaria bela num traje de aparato, complicado e faustoso, descendo, em meio à atmosfera de uma linda noite, os degraus de mármore de um palácio entre vastos gramados e espelhos d'água! Pois ela tem naturalmente um ar de princesa."

Passando mais tarde por uma rua, deteve-se diante de uma loja de gravuras e, encontrando numa das caixas de papelão uma gravura de uma paisagem tropical, ele se disse: "Não, não é num palácio que eu gostaria de possuir aquela vida preciosa. Não nos sentiríamos *em casa*. De resto, aquelas paredes crivadas de ouro não deixariam um único lugar para pendurar a imagem dela; naquelas solenes galerias não há um canto sequer para a intimidade. Não resta dúvida, é *aqui* que deveríamos morar e cultivar o sonho da minha vida."

E, sempre analisando com o olhar os detalhes da gravura, ele continuava mentalmente: "Uma bela casa de madeira à beira-mar, cercada por todas essas árvores estranhas e fulgurantes, cujos nomes esqueci... no ar, um cheiro embriagante, indefinível... no interior, um poderoso perfume de rosa e de almíscar... mais ao longe, para lá de nosso pequeno domínio, a ponta dos mastros balançando ao sabor das vagas... à nossa volta, mais além do quarto iluminado por uma luz rósea que os reposteiros filtram, decorado de frescas esteiras e flores capitosas, com raras poltronas de um rococó português, feitas de madeira pesada e tenebrosa (e nas quais ela repousaria tão calma, tão à brisa, fumando um tabaco com um quê de ópio!), mais além da varanda, a algazarra dos pássaros ébrios de luz e a tagarelice das mocinhas negras... e, à noite, para servir de acompanhamento a meus sonhos, o canto plangente dos ébanos, das melancólicas casuarinas! Sim, é isso, é bem *este* o cenário que eu buscava. De que me serve um palácio?".

E, mais adiante, quando seguia por uma larga avenida, percebeu um albergue limpinho, onde, numa janela enfeitada com cortinas de chita, debruçavam-se dois vultos risonhos. E ele se disse, sem demora: "Meu pensamento deve ser mesmo um grande andarilho para ir buscar tão longe o que está tão perto de mim. O prazer e a felicidade estão no primeiro albergue que deparo, num albergue ao sabor do acaso, que é tão fecundo em volúpias. Uma boa lareira, faianças vistosas, um jantar razoável, um vinho rude e uma cama vasta, com lençóis um tanto ásperos, mas cheirando a fresco; o que pode haver de melhor?".

E, voltando para casa, a essa hora em que os conselhos da Sabedoria já não são mais sufocados pelo zumbir da vida exterior, ele se disse: "Tive hoje, em sonhos, três domicílios, nos quais encontrei igual prazer. Por que forçar meu corpo a mudar de lugar, quando minha alma viaja tão lepidamente? E de que serve executar projetos, quando o projeto já é prazer bastante?".

XXV. A BELA DOROTHÉE

O sol oprime a cidade com sua luz rija e terrível; a areia ofusca e o mar reluz. O mundo estupefato esmorece frouxamente e faz a sesta, uma sesta que é uma espécie de morte saborosa, em que o adormecido, meio desperto, desfruta as volúpias de sua própria aniquilação.

Entretanto, Dorothée, robusta e briosa como o sol, avança pela rua deserta, único vivente a essa hora sob o imenso azul, formando em meio à luz uma mancha brilhante e negra.

Ela avança, balançando sem pressa seu torso tão esguio sobre suas ancas tão largas. O vestido de seda colante, de um tom claro e róseo, contrasta vivamente com as trevas de sua pele e molda com precisão o talhe esbelto, as costas cavadas e o busto saliente.

A sombrinha vermelha, filtrando a luz, projeta sobre o rosto sombrio a tintura sangrenta de seus reflexos.

O peso da enorme cabeleira quase azul puxa para trás a cabeça delicada, e lhe confere um ar triunfante e indolente. Uns brincos pesados gorjeiam secretamente em suas orelhas mimosas.

De tanto em tanto, a brisa do mar levanta a barra da saia flutuante e mostra uma perna luzidia e soberba; e os pés, semelhantes aos pés das deusas de mármore que a Europa encerra em seus museus, imprimem fielmente sua forma sobre a areia fina. Pois Dorothée é tão prodigiosamente faceira, que o prazer de ser admirada leva a melhor sobre o orgulho da liberta, e, mesmo sendo livre, ela anda sem sapatos.

Ela avança assim, harmoniosamente, feliz por viver e sorrindo com um branco sorriso, como se divisasse ao longe, no espaço, um espelho a refletir seu andar e sua beleza.

À hora em que mesmo os cães gemem de dor sob o sol que os morde, qual poderoso motivo faz andar assim a preguiçosa Dorothée, bela e fria como o bronze?

Por que saiu de sua casinha tão graciosamente arrumada, onde as flores e as esteiras formam, a preço tão módico, uma perfeita alcova, onde ela tanto se compraz em se pentear, fumar, espairecer ou se olhar no espelho de seus grandes leques de plumas, enquanto o mar, que vem se quebrar na praia a cem passos dali, forma um poderoso e monótono acompanhamento a seus devaneios indecisos, enquanto a marmita de ferro, em que ferve um cozido de caranguejos com arroz e açafrão, exala do fundo do pátio seus perfumes excitantes?

Talvez ela tenha um encontro marcado com algum jovem oficial que, em praias longínquas, ouviu falar por seus camaradas da célebre Dorothée. Infalivelmente ela pedirá, criatura simples, que lhe descrevam o baile da Ópera, perguntará se poderia ir descalça, como se vai às danças de domingo, quando mesmo as velhas cafrinas ficam bêbadas e furiosas de alegria; ou ainda se as belas damas de Paris são todas mais belas que ela.

Dorothée é admirada e festejada por todos, e seria perfeitamente feliz se não fosse obrigada a juntar piastra por piastra para resgatar a irmã mais nova, que já tem seus onze anos e que já é tão madura e tão bela! Ela há de conseguir, a boa Dorothée; o dono da menina é tão, mas tão avarento, que não compreende outra beleza senão a dos escudos.

XXVI. OS OLHOS DOS POBRES

Ah, você quer saber por que a odeio tanto hoje! Talvez você tenha mais dificuldade em entender do que eu em explicar; pois você, creio eu, é o mais belo exemplo de impermeabilidade feminina que se possa encontrar.

Tínhamos passado juntos um longo dia, que me parecera curto. Tínhamos prometido um ao outro que todos os nossos pensamentos seriam comuns a um e a outro e que, doravante, nossas duas almas não seriam mais que uma — um sonho que não tem nada de original, afinal de contas, a não ser pelo fato de ter sido sonhado por todos os homens, sem ser realizado por nenhum.

À noite, um tanto cansada, você quis se sentar num novo café, na esquina do novo bulevar, ainda muito cheio de entulho e exibindo já gloriosamente seus esplendores inacabados. O café cintilava. Mesmo o gás prodigalizava o ardor de uma estreia e iluminava, com todas suas forças, as paredes ofuscantes de brancura, as superfícies resplandecentes dos espelhos, os ouros das molduras e das cornijas, os pajens de faces rechonchudas arrastados pelos cães na coleira, as senhoras rindo do falcão pousado em seus punhos, as ninfas e as deusas levando frutas, patês e carne de caça em cima da cabeça, as Hebes e os Ganimedes esticando o braço para oferecer a pequena ânfora de gelatinas ou o obelisco bicolor dos sorvetes misturados — toda a história e toda a mitologia a serviço da comilança.

Bem diante de nós, na calçada, estava plantado um bom homem de uns quarenta anos, rosto cansado, barba grisalha, segurando com uma das mãos um menino e carregando no outro braço uma criaturinha fraca demais para caminhar. Fazia as vezes de babá e levava os filhos para respirar a fresca da noite. Todos em farrapos. Aqueles três rostos eram extraordinariamente sérios, e aqueles seis olhos contemplavam fixamente o novo café com igual admiração, mas com nuanças diversas, segundo a idade.

Os olhos do pai diziam: "Como é bonito! Como é bonito! Parece até que todo o ouro do pobre mundo veio parar sobre essas paredes!". Os olhos do menino: "Como é bonito! Como é bonito! Mas aí só podem entrar as pessoas que não são como nós!". Quanto ao menorzinho, seus olhos estavam fascinados demais para exprimir outra coisa senão uma alegria estúpida e profunda.

Os cancionistas dizem que o prazer apura a alma e amolece o coração. A canção tinha razão naquela noite, no que me dizia respeito. Não apenas eu me enternecia com aquela família de olhos, como também me sentia um pouco envergonhado de nossas taças e garrafas, maiores que a nossa sede. Eu voltava meus olhares para os seus, meu amor, para neles ler *meus* pensamentos; eu mergulhava em seus olhos, tão belos e tão estranhamente doces, em seus olhos verdes, habitados pelo Capricho e inspirados pela Lua, quando você me disse: "Essa gente é insuportável, com esses olhos escancarados feito portas-cocheiras! Você não pode pedir ao dono do café que os afaste daqui?".

Como é difícil se entender, meu anjo querido, e como o pensamento é incomunicável, mesmo entre pessoas que se amam!

XXVII. UMA MORTE HEROICA

Fanciullo era um admirável bufão, e quase amigo do Príncipe. Contudo, as pessoas que, por ofício, devotam a vida à comédia sentem fatal atração pelas coisas sérias, e, por mais que pareça estranho que as ideias de pátria e liberdade possam ocupar despoticamente o cérebro de um histrião, o fato é que, certo dia, Fanciullo ingressou numa conspiração formada por alguns fidalgos descontentes.

Seja onde for, sempre há homens de bem a postos para denunciar ao poder esses indivíduos de humor atrabiliário, que pretendem depor os príncipes e operar, sem consulta prévia, a mudança de toda uma sociedade. Os senhores em questão foram detidos, assim como Fanciullo, e fadados à morte certa.

Quero crer que o Príncipe sentiu-se quase aborrecido ao encontrar seu cômico favorito entre os rebeldes. O Príncipe não era nem melhor nem pior que outro qualquer; mas uma excessiva sensibilidade tornava-o, em muitos casos, mais cruel e mais despótico que todos os seus pares. Amante apaixonado das belas-artes, aliás, excelente conhecedor da matéria, era de todo insaciável em suas volúpias. Muito indiferente no que dizia respeito aos homens e à moral, artista genuíno, não conhecia outro inimigo temível exceto o Tédio, e os esforços extravagantes que fazia para evadir ou derrotar esse tirano do mundo teriam certamente valido ao Príncipe, da parte de um historiador severo, o epíteto de "monstro" — se fosse permitido, em seus domínios, escrever alguma coisa que não servisse unicamente ao prazer ou ao espanto, que é uma das formas mais delicadas do prazer. Sua grande tristeza foi nunca ter tido um teatro à altura de seu gênio. Há jovens Neros que sufocam, presos a limites estreitos demais, e de quem os séculos vindouros terminarão por ignorar para sempre o nome e a boa vontade. A esse Príncipe, a imprudente Providência concedera faculdades maiores que seus Estados.

De repente, começou a correr o boato de que o soberano pretendia agraciar todos os conjurados; e a origem desse rumor foi o anúncio de um grande espetáculo em que Fanciullo deveria desempenhar um de seus grandes e melhores papéis, e ao qual assistiriam também, segundo se dizia, os fidalgos condenados; sinal evidente, acrescentavam os espíritos superficiais, das inclinações generosas do Príncipe ofendido.

Vindo da parte de um homem tão natural e deliberadamente excêntrico, tudo era possível, mesmo a virtude, mesmo a clemência, sobretudo se ele pudesse nutrir a esperança de, assim, chegar a prazeres inesperados. Mas para quem, como eu, pudera penetrar mais fundo nas profundezas dessa alma curiosa e malsã, parecia infinitamente mais provável que o Príncipe quisesse pôr à prova os talentos cênicos de um homem condenado à morte. Ele queria valer-se da ocasião para conduzir uma experiência fisiológica de interesse *capital* e determinar até que ponto as faculdades habituais de um artista podiam ser alteradas ou modificadas pela situação extraordinária em que se encontrava; além disso, haveria em sua alma alguma intenção mais ou menos firme de clemência? Eis um ponto que nunca pôde ser esclarecido.

Enfim, chegado o grande dia, a pequena corte desdobrou-se em pompas, e, salvo para quem já o viu, seria difícil conceber tudo que a classe privilegiada de um pequeno Estado, de recursos restritos, é capaz de fazer para se exibir em esplendor numa verdadeira solenidade. Esta última era duplamente verdadeira, tanto pela magia do luxo ostentado como pelo interesse moral e misterioso que se prendia a ela.

Mestre Fanciullo destacava-se mais que tudo nos papéis mudos ou de poucas palavras, que muitas vezes são os principais nesses dramas feéricos cujo fito é representar simbolicamente o mistério da vida. Entrou em cena lépido e com perfeita desenvoltura, o que contribuiu para reforçar, junto ao nobre público, a ideia de clemência e de perdão.

Quando se diz de um ator: "Que bom ator!", nós nos servimos de uma fórmula que implica que, sob o personagem, pode-se ainda adivinhar o ator, isto é, a arte, o esforço, a vontade. Ora, se um ator chegasse a ser, no que tange ao papel que deve desempenhar, aquilo mesmo que as melhores estátuas da antiguidade, milagrosamente animadas, vivas, deambulantes, videntes, chegam a ser no que tange à ideia geral e confusa de beleza, bem, esse seria certamente um caso singular e de todo imprevisto. Fanciullo foi, naquela noite, uma perfeita idealização, que não haveria como não supor viva, possível, real. O bufão ia, voltava, ria, chorava, estremecia, com uma indestrutível auréola ao redor da cabeça, auréola invisível para todos, mas visível para mim, e na qual se misturavam, num estranho amálgama, os raios da Arte e a glória do Martírio. Por meio de sabe-se lá qual graça única, Fanciullo introduzia o divino e o sobrenatural mesmo nas mais extravagantes fanfarronices. Minha pluma treme, e lágrimas de emoção duradoura me vêm aos olhos enquanto tento descrever aquela noite inesquecível. Fanciullo provava para mim, de maneira peremptória, irrefutável, que a embriaguez da Arte é mais apta que qualquer outra a velar os horrores do abismo; que o gênio pode encenar uma comédia à beira da tumba com uma alegria que o impede de ver a tumba, vagando, como vai, num paraíso que exclui toda ideia de tumba e de destruição.

O público inteiro, por mais frio e frívolo que pudesse ser, logo sentiu o todo-poderoso império do artista. Ninguém mais pensou em morte, luto ou suplícios. Cada qual se abandonou, sem cuidar de mais nada, às volúpias múltiplas que propicia a visão de uma obra-prima de arte viva. Uma e outra vez, as explosões de alegria e admiração abalaram as abóbadas do edifício, com a energia de um trovão contínuo. O Príncipe em pessoa, embriagado, misturou seus aplausos aos da corte.

Contudo, para um olho clarividente, a embriaguez do Príncipe não era inteiriça. Sentia-se derrotado em seus poderes de déspota? Humilhado em sua arte de aterrorizar os corações e entorpecer os espíritos? Frustrado em suas esperanças e burlado em suas previsões? Tais suposições, não exatamente justificadas, mas não absolutamente injustificáveis, atravessaram meu espírito enquanto eu contemplava o rosto do Príncipe, no qual uma palidez nova se acumulava mais e mais sobre sua palidez habitual, como a neve se acumula sobre a neve. Seus lábios apertavam-se com mais força, e seus olhos iluminavam-se com um fogo interior, semelhante ao do ciúme e do rancor, mesmo quando ele aplaudia ostensivamente os talentos de seu velho amigo, o estranho bufão que tão bem zombava da morte. A certa altura, vi Sua Alteza inclinar-se para um pajenzinho, postado a suas costas, e falar-lhe ao ouvido. A fisionomia travessa do belo menino iluminou-se de um sorriso; e ele saiu ligeiro do camarote principesco, como para cuidar de uma tarefa urgente.

Alguns minutos depois, um silvo agudo, prolongado, interrompeu Fanciullo num de seus melhores momentos e dilacerou a um só tempo os ouvidos e os corações. E, do lugar da sala de onde irrompera essa desaprovação inesperada, um menino precipitou-se por um corredor, abafando as próprias risadas.

Fanciullo, sacudido, despertado em seu sonho, primeiro fechou os olhos, para reabri-los quase em seguida, desmesuradamente dilatados, abriu então a boca, como para respirar convulsivamente, cambaleou um pouco para a frente, um pouco para trás, e por fim caiu morto sobre o tablado.

O silvo, rápido como um gládio, teria de fato frustrado o carrasco? O Príncipe teria adivinhado toda a eficácia homicida de sua artimanha? É lícito duvidar. Terá ele lamentado por seu caro e inimitável amigo? É doce e legítimo acreditar que sim.

Os réus fidalgos tinham desfrutado pela última vez de uma comédia. Naquela mesma noite, foram riscados da face da terra.

Desde então, vários bufões, festejados com razão em diferentes países, vieram atuar diante da corte de ***; mas nenhum deles pôde chegar perto dos maravilhosos talentos de Fanciullo, nem se elevar ao mesmo *favor*.

XXVIII. A MOEDA FALSA

Quando já nos distanciávamos da tabacaria, meu amigo fez uma cuidadosa triagem do troco que tinha; no bolso esquerdo do colete, guardou as moedinhas de ouro; no direito, as moedinhas de prata; no bolso esquerdo das calças, uma massa de soldos graúdos; e, por fim, à direita, uma moeda de prata de dois francos, que tinha examinado com atenção.

"Singular e minuciosa divisão!", eu disse com meus botões.

Encontramos pelo caminho um pobre que nos estendeu o boné, tremendo. — Não conheço nada de mais inquietante que a eloquência muda desses olhos de súplica, que contêm a um só tempo, para o homem sensível que sabe lê-los, tanta humildade, tanta reprovação. Ele encontra neles alguma coisa que beira aquela profundeza de sentimentos complexos que há nos olhos lacrimejantes dos cães que açoitamos.

A oferenda de meu amigo foi muito mais considerável que a minha, e eu lhe disse: "Você tem razão; depois do prazer de ser surpreendido, não há prazer maior que o de causar uma surpresa". "Era a moeda falsa", ele me respondeu tranquilamente, como se quisesse justificar sua prodigalidade.

Mas, em meu miserável cérebro, sempre ocupado em procurar sarna para se coçar (que faculdade cansativa a natureza me presenteou!), penetrou de repente a ideia de que tal conduta da parte de meu amigo não era perdoável senão pelo desejo de produzir um acontecimento na vida daquele pobre diabo, ou quem sabe mesmo pelo desejo de conhecer as consequências diversas, funestas ou não, que pode engendrar uma moeda falsa nas mãos de um mendigo. Não podia ela multiplicar-se em moedas verdadeiras? Não podia ela igualmente levá-lo à prisão? Um dono de botequim ou um padeiro podiam, por exemplo, mandá-lo prender como falsário ou propagador de dinheiro falsificado. Mas bem podia ser que a moeda falsa se convertesse, para um pequeno especulador, na semente de uma riqueza de alguns dias. E assim minha fantasia corria à solta, emprestando asas ao espírito de meu amigo e extraindo todas as deduções possíveis de todas as hipóteses possíveis.

Mas este interrompeu bruscamente meu devaneio ao retomar minhas próprias palavras: "Sim, você tem razão; não há prazer mais doce que o de surpreender um homem, dando-lhe mais do que esperava".

Eu o mirei no branco dos olhos e me assustei ao ver que seus olhos brilhavam com incontestável candura. Vi então, claramente, que ele quisera fazer, ao mesmo tempo, uma caridade e um bom negócio; ganhar quarenta soldos e o coração de Deus; conquistar o paraíso a preço módico; enfim, levar grátis um brevê de homem caridoso. Eu quase teria perdoado a ele o desejo de um deleite criminoso, de que o julgara capaz havia pouco; eu teria achado curioso, singular, que ele achasse graça em comprometer os pobres; mas não lhe perdoarei nunca a inépcia de seu cálculo. Não é perdoável ser mau, mas há algum mérito em saber que o somos; e o mais irreparável dos vícios é o de fazer o mal por estupidez.

XXIX. O JOGADOR GENEROSO

Ontem, em meio à multidão no bulevar, eu me senti tocado de leve por um Ser misterioso, que sempre desejara conhecer e que reconheci na hora, por mais que nunca o tivesse visto antes. Havia nele, decerto, um desejo análogo em relação a mim, pois me deu, ao passar, uma piscadela significativa, que me apressei a obedecer. Eu o segui com atenção, e logo desci atrás dele para uma residência subterrânea, resplandecente, em que reluzia um luxo sem igual nos melhores endereços de Paris. Achei curioso que tivesse podido passar tantas vezes ao lado de covil tão prestigioso sem nunca dar pela entrada. Reinava ali uma atmosfera requintada, embora capitosa, que fazia esquecer quase instantaneamente todos os aborrecidos horrores da vida; respirava-se ali uma beatitude sombria, análoga àquela que devem ter sentido os lotófagos quando, desembarcando numa ilha encantada, iluminada pelo brilho de uma tarde eterna, sentiram nascer dentro de si, aos sons soporíferos das melodiosas quedas d'água, o desejo de nunca mais rever seus penates, suas mulheres, seus filhos, e de nunca mais voltar a galgar as altas vagas do mar.

Havia ali estranhos rostos de homens e de mulheres, marcados por uma beleza fatal, que eu tinha a sensação de já ter visto em épocas e em países que não conseguia recordar exatamente, e que me inspiravam antes uma simpatia fraternal do que esse medo que, o mais das vezes, nasce à visão do desconhecido. Se quisesse tentar definir de alguma maneira a expressão singular de seus olhares, eu diria que nunca vi olhos em que brilhassem com mais energia o horror ao tédio e o desejo imortal de se sentir vivo.

Quando nos sentamos, meu anfitrião e eu já éramos velhos e excelentes amigos. Comemos, bebemos desmedidamente todo tipo de vinhos extraordinários e, muitas horas depois, não me sentia mais bêbado que ele — coisa não menos extraordinária. Nesse meio tempo, o jogo, esse prazer sobre-humano, interrompera de tanto em tanto nossas frequentes libações, e devo dizer que joguei e perdi minha alma numa fieira de partidas, com um descaso e uma leviandade heroicos. A alma é uma coisa tão impalpável, tantas vezes inútil e por vezes tão constrangedora, que senti, diante de tal perda, menos emoção do que se tivesse perdido, durante um passeio, meu cartão de visita.

Fumamos longamente uns charutos cujo sabor e perfume incomparáveis inspiravam à alma a nostalgia de terras e alegrias desconhecidas, e, embriagado com todas essas delícias, num ímpeto de familiaridade que não pareceu desagradá-lo, tive a ousadia de exclamar, empunhando uma taça cheia até a borda: "À vossa imortal saúde, velho Bode!".

Conversamos também sobre o universo, sua criação e sua futura destruição; sobre a grande ideia do século, isto é, o progresso e a perfectibilidade, e, em geral, sobre todas as formas da soberba humana. A esse respeito, Sua Alteza transbordava em anedotas ligeiras e irrefutáveis, e exprimia-se com uma suavidade de dicção e serenidade na zombaria que jamais encontrei nos mais célebres conversadores da humanidade. Explicou-me o absurdo das diferentes filosofias que, até então, haviam se apossado do cérebro humano, e dignou-se mesmo a me confiar alguns princípios fundamentais, cuja posse e cujos benefícios eu não gostaria de compartilhar com qualquer um. Não se lamentou de modo nenhum da má reputação de que goza em todas as partes do mundo, assegurou-me ser a pessoa mais interessada na destruição da *superstição* e me confessou que só temera por seu poder uma única vez, no dia em que ouviu um predicador, mais sutil que seus confrades, exclamar da cátedra: "Meus caros irmãos, não esqueçam nunca, quando ouvirem algum elogio ao progresso das luzes, que a mais fina astúcia do diabo consiste em persuadi-los que ele não existe!".

A recordação desse célebre orador conduziu-nos naturalmente ao tema das academias, e meu estranho conviva afirmou que não desdenhava, em muitos casos, inspirar a pluma, a palavra e a consciência dos pedagogos, e que quase sempre assistia pessoalmente, se bem que invisível, a todas as reuniões acadêmicas.

Animado por tantas bondades, pedi-lhe notícias de Deus e perguntei se ele o vira recentemente. Ele me respondeu, com um pouco-caso nuançado por certa tristeza: "Nós nos cumprimentamos quando nos vemos, mas como dois velhos fidalgos em quem uma polidez inata não teria como apagar por inteiro a lembrança de um antigo rancor".

É de se duvidar que Sua Alteza tenha jamais concedido uma audiência tão longa a um simples mortal, e eu temia abusar. Por fim, quando a aurora tremeluzente clareava as vidraças, o célebre personagem, cantado por tantos poetas e servido por tantos filósofos, que trabalham em prol de sua glória sem sabê-lo, disse-me: "Quero que guarde uma boa lembrança de mim e quero lhe provar que Eu, de quem se diz tanta coisa de mau, eu sou por vezes um *bom diabo*, para me servir de uma locução vulgar. A fim de compensar a perda irremediável de sua alma, dou-lhe tudo que o senhor teria ganhado se a sorte tivesse estado do seu lado, a saber, a possibilidade de aliviar e vencer, durante toda a sua vida, essa estranha doença do Tédio, que é a fonte de todas as moléstias e de todos os miseráveis progressos do homem. Nenhum desejo será formulado pelo senhor sem que eu o ajude a realizá-lo; o senhor reinará sobre seus vulgares semelhantes; a prata, o ouro, os diamantes, os palácios feéricos virão a seu encontro e lhe rogarão que os aceite, sem que o senhor tenha feito nenhum esforço para ganhá-los; o senhor mudará de pátria e de região tantas vezes quanto a sua fantasia quiser; o senhor há de se embriagar de volúpias, sem lassidão, em terras encantadoras onde sempre faz calor e onde as mulheres cheiram tão bem quanto as flores *et caetera, et caetera...*", acrescentou ele, levantando-se e despedindo-se de mim com um sorriso benévolo.

Não fosse o temor de me humilhar diante de tão vasta assembleia, eu teria de bom grado me prosternado aos pés daquele jogador generoso, para lhe agradecer a inaudita largueza. Mas, pouco a pouco, depois de tê-lo deixado, a incurável desconfiança penetrou de novo minha alma; já não ousava acreditar em tão prodigiosa felicidade e, ao me deitar, fazendo minhas orações por um resquício de hábito imbecil, eu repetia, meio adormecido: "Senhor meu Deus, fazei com que o Diabo cumpra sua palavra!".

XXX. A CORDA

A ÉDOUARD MANET *

"As ilusões", dizia meu amigo, "talvez sejam tão inumeráveis quanto as relações dos homens entre si ou dos homens com as coisas. E, quando a ilusão desaparece, isto é, quando vemos o ser ou o fato tal como existe fora de nós, temos uma sensação estranha, complexa, metade pesar pelo fantasma desaparecido, metade surpresa agradável diante da novidade, diante do fato real. Se há um fenômeno evidente, trivial, sempre semelhante e de natureza tal a tornar impossível o equívoco, esse sentimento é o amor materno. É tão difícil imaginar uma mãe sem amor maternal quanto uma luz destituída de calor; assim sendo, não é perfeitamente legítimo atribuir ao amor maternal todas as ações e as palavras de uma mãe, no que tange a seu filho? E, contudo, ouçam esta historieta, em que fui tão singularmente enganado pela ilusão mais natural.

"Minha profissão de pintor me leva a reparar com atenção nos rostos, nas fisionomias que se oferecem ao longo do meu caminho, e vocês sabem quanto prazer tiramos dessa faculdade que torna a vida mais viva a nossos olhos, mais viva e mais significativa que para os outros homens. No bairro recuado em que moro, onde vastos espaços cobertos de relva ainda separam as construções, observei muitas vezes um menino cuja fisionomia ardorosa e travessa, mais do que todas as outras, seduziu-me desde o começo. Ele posou mais de uma vez para mim, e eu o transformei ora em jovem cigano, ora em anjo, ora ainda em Amor mitológico. Eu o fiz segurar o violino dos vagabundos, a Coroa de Espinhos e os Cravos da Paixão, ou ainda a Tocha de Eros. Por fim, tomei tanto gosto na graça desse menino que, certo dia, pedi a seus pais, gente pobre, que tivessem a bondade de o ceder a mim, prometendo-lhes que o vestiria bem, que lhe daria algum dinheiro e que não lhe imporia outro trabalho exceto limpar meus pincéis e levar meus recados. Uma vez asseado, o menino tornou-se encantador, e a vida que levava em minha casa parecia-lhe um paraíso, comparada à que teria de suportar no pardieiro paterno. Mesmo assim, devo dizer que o homenzinho por vezes me surpreendia com umas estranhas crises de tristeza precoce, e que ele logo manifestou um gosto imoderado pelo açúcar e pelos licores; a tal ponto que, um dia, ao constatar que, apesar de minhas muitas advertências, ele cometera mais um pequeno furto do gênero, eu ameacei devolvê-lo aos pais. Depois disso, saí para a rua, e meus afazeres me mantiveram por bom tempo longe de casa.

"Quais não foram meu horror e meu espanto quando, voltando para casa, o primeiro objeto que me feriu os olhos foi meu homenzinho, o travesso companheiro de minha vida, enforcado no tabique de um armário! Os pés quase tocavam o assoalho; uma cadeira, que ele certamente empurrara com os pés, estava tombada a seu lado; a cabeça pendia convulsivamente sobre um dos ombros; o rosto, entumecido, e os olhos, arregalados com uma fixidez assustadora, de início me deram a ilusão de que ele estava vivo. Descê-lo dali não era tarefa tão fácil quanto podem achar. Ele já estava muito endurecido, e eu sentia uma repugnância inexplicável à ideia de fazê-lo cair bruscamente no chão. Era preciso sustentá-lo com um braço apenas e, com a outra mão, cortar a corda. Mas, isso feito, havia mais: o monstrinho tinha usado um cordão muito fino, que entrou profundamente nas carnes, e agora era preciso, com uma tesoura fina, procurar a corda entre as bordas do inchaço, para assim lhe liberar o pescoço.

"Deixei de contar que tinha gritado por socorro; mas todos os vizinhos tinham se recusado a vir me ajudar, fiéis, nesse quesito, aos hábitos do homem civilizado, que sempre foge, sabe-se lá por quê, a qualquer história de enforcado. Por fim, chegou um médico, que declarou que o menino estava morto havia muitas horas. Quando, mais tarde, tivemos que despi-lo para o enterro, a rigidez cadavérica era tal que, desesperando de dobrar os membros, tivemos de rasgar e cortar suas roupas antes de poder tirá-las.

"O comissário a quem, naturalmente, tive de relatar o acidente, olhou de esguelha e me disse: 'Essa história está mal contada!', quiçá movido por um desejo inveterado e um hábito profissional de, por via das dúvidas, atemorizar tanto os inocentes como os culpados.

"Restava cumprir uma tarefa suprema que, só de pensar, me causava uma angústia terrível: era preciso contar aos pais. Meus pés recusavam-se a ir ter com eles. Por fim, juntei coragem e fui. Mas, para meu grande pasmo, a mãe ficou impassível, nenhuma lágrima lhe escorreu pelo canto do olho. Atribui essa estranheza ao horror que ela devia estar sentindo, e recordei a famosa sentença: 'Os sofrimentos mais terríveis são as dores mudas'. Quanto ao pai, ele se limitou a dizer, com ar meio embrutecido, meio sonhador: 'No fim das contas, vai ver que foi melhor assim, esse aí acabaria mal de qualquer jeito'.

"Entretanto, o corpo continuava estendido no meu divã, e, assistido por uma criada, eu me ocupava dos últimos preparativos, quando a mãe entrou em meu ateliê. Queria, dizia ela, ver o cadáver do filho. Eu não podia, é claro, impedi-la de se embriagar de sua tristeza e recusar a ela esse supremo e sombrio consolo. Em seguida, ela me pediu que lhe mostrasse o lugar em que seu filhinho se enforcara. 'Ah, não, minha senhora', respondi, 'vai lhe fazer mal.' E, como meus olhos se voltassem involuntariamente para o fúnebre armário, percebi, com um asco mesclado de horror e cólera, que o prego continuava fixado à madeira, com um longo pedaço de corda ainda pendente. Precipitei-me para arrancar aqueles últimos vestígios da desgraça, e, quando estava a ponto de jogá-los fora pela janela aberta, a pobre mulher segurou meu braço e me disse, numa voz irresistível: 'Ai, meu senhor, me dê, me dê! Eu suplico, eu suplico!'. Imaginei que estivesse tão enlouquecida de desespero, que agora se tomava de ternura pelo que servira de instrumento na morte de seu filho e queria guardá-lo como uma horrível e cara relíquia. — E ela se apoderou do prego e do cordão.

"Enfim, enfim, estava tudo terminado! Só me restava tornar ao trabalho, com mais afã do que de costume, a fim de afastar aos poucos aquele pequeno cadáver que assombrava os recessos do meu cérebro e cujo fantasma me extenuava com seus grandes olhos fixos. Mas, no dia seguinte, recebi um maço de cartas: umas, dos locatários do prédio, outras, dos prédios ao lado; uma, do primeiro andar; outra, do segundo; outra ainda, do terceiro, e assim por diante; ora em estilo quase jovial, como buscando disfarçar, sob a zombaria de fachada, a sinceridade do pedido, ora brutalmente atrevidas e cheias de erros, mas todas querendo a mesma coisa, isto é, obter de minha parte um pedaço da corda funesta e beatífica. Devo dizer que, entre os signatários, havia mais mulheres que homens; mas nem todos, creiam em mim, pertenciam à classe ínfima e vulgar. Guardei comigo essas cartas.

"E então, de repente, um clarão se fez em meu cérebro, e entendi por que a mãe insistia tanto em me arrancar o cordão e por meio de qual comércio ela contava se consolar."

XXXI. AS VOCAÇÕES

Num belo jardim em que os raios de um sol outonal pareciam se demorar de bom grado, sob um céu esverdeado em que nuvens de ouro flutuavam como continentes em trânsito, quatro belas crianças, quatro meninos, talvez cansados de brincar, conversavam entre si.

Um deles dizia: "Ontem me levaram ao teatro. Em palácios grandes e tristes, com o mar e o céu ao fundo, homens e mulheres, também sérios e tristes, mas muito mais bonitos e bem-vestidos do que esses que se veem em toda parte, falam numa voz cantada. Eles se ameaçam, suplicam, afligem, e volta e meia pousam a mão num punhal que trazem ao cinto. Ah, é uma beleza! As mulheres são bem mais bonitas e bem mais altas que as que vêm nos visitar em casa, e, por mais que, com seus grandes olhos cavos e suas faces rubras, elas tenham um ar terrível, não há como não amá-las. Ficamos com medo, com vontade de chorar, e mesmo assim ficamos contentes... E, não bastasse isso, o mais estranho é que ficamos com vontade de nos vestir da mesma forma, de dizer e fazer as mesmas coisas, e de falar com a mesma voz...".

Um dos quatro meninos, que havia já alguns segundos não escutava mais o discurso do amigo e observava com espantosa tenacidade um ponto qualquer no céu, disse de repente: "Olhem, olhem ali...! Não estão vendo? *Ele* está sentado em cima daquela nuvenzinha isolada, aquela nuvenzinha cor de fogo, que avança devagarinho. *Ele* também, parece que *Ele* também está olhando para nós."

"Mas ele quem?", perguntaram os outros.

"Deus!", respondeu ele, com perfeito acento de convicção. "Ah, agora já está longe! Ainda há pouco vocês teriam visto. Com certeza está viajando para visitar todos os países. Vejam, vai passar por trás daquela fileira de árvores quase rente ao horizonte... e agora está descendo por trás do campanário... Ah, já não se vê mais nada!" E o menino seguiu por muito tempo voltado para o mesmo lado, fixando sobre a linha que separa a terra do céu um par de olhos em que brilhava uma inexprimível expressão de êxtase e de pesar.

"Mas como é tolo, você com esse bom Deus que só você vê!", disse então o terceiro, cuja pequena figura era toda marcada por uma vivacidade e uma vitalidade singulares. "Quanto a mim, eu vou lhes contar como me aconteceu uma coisa que nunca aconteceu com vocês, e que é um tanto mais interessante que essas histórias de teatro e de nuvens. Uns dias atrás, meus pais me levaram para viajar com eles, e como, no albergue em que paramos, não havia camas suficientes, eles decidiram que eu dormiria na mesma cama que a babá." Chamou os amigos para mais perto e continuou, em voz mais baixa. "É uma sensação estranha, essa de não estar deitado sozinho, de estar na cama junto com a babá, no escuro. Como não conseguia cair no sono, eu me diverti, enquanto ela dormia, passando a mão por seus braços, seu pescoço, seus ombros. Ela tem os braços e o pescoço bem mais grossos que todas as outras mulheres, e a pele fica tão macia, tão macia, que mais parece papel de carta ou papel de seda. Era tão bom que eu teria continuado por muito tempo, se não tivesse ficado com medo, medo de despertá-la, em primeiro lugar, mas também medo de não sei o quê. Depois, meti meu rosto entre os cabelos dela, soltos sobre as costas, grossos feito crina, e eles cheiravam tão bem, eu juro, quanto as flores do jardim a esta hora do dia. Experimentem, quando puderem, fazer a mesma coisa, e vocês vão ver!"

Enquanto fazia seu relato, o jovem autor dessa prodigiosa revelação tinha os olhos arregalados por uma espécie de pasmo diante do que ainda sentia, e os raios do sol poente, filtrando-se pelos cachinhos ruivos de sua cabeleira desgrenhada, pareciam acender uma auréola sulfurosa de paixão. Era fácil adivinhar que esse não passaria a vida procurando a Divindade entre as nuvens, e que a encontraria mais de uma vez em outro lugar.

Por fim, o quarto disse: "Vocês sabem que minha vida em casa não é nada divertida; nunca me levam ao teatro; meu tutor é avarento; Deus não quer saber de mim e do meu tédio; e não tenho uma bela babá para me mimar. Muitas vezes pensei que o que eu queria mesmo era caminhar sempre em frente, sem saber para onde, sem que ninguém me importunasse, e ver países sempre novos. Nunca estou bem, onde quer que esteja, e sempre acho que estaria melhor ali onde não estou. Pois bem: eu vi, na última feira do vilarejo vizinho, três homens que vivem como eu gostaria de viver. Vocês, vocês nem notaram. Eram altos, quase negros e muito altivos, mesmo em andrajos, com jeito de quem não precisa de ninguém. Seus grandes olhos sombrios encheram-se de brilho quando começaram a tocar música; uma música tão surpreendente que ora dá vontade de dançar, ora de chorar, ou senão de fazer as duas coisas ao mesmo tempo, uma música que enlouqueceria quem a ouvisse por tempo demais. Um deles, deslizando o arco sobre o violino, parecia contar suas tribulações, e o outro, fazendo saltitar uma baqueta sobre as cordas de um pequeno piano pendurado a seu pescoço por uma correia, mais parecia zombar dos lamentos do vizinho, enquanto o terceiro de tanto em tanto batia os pratos com uma violência extraordinária. Estavam tão contentes consigo mesmos, que continuaram a tocar sua música de selvagens mesmo quando a multidão se dispersou. Por fim, juntaram seus vinténs, puseram as bagagens nos ombros e foram embora. Mas eu, querendo saber onde moravam, eu os segui de longe, até a beira da floresta, e só ali compreendi que não moravam em lugar nenhum. Então, um deles disse: 'Vamos armar a tenda?'. 'Mas não, claro que não!', respondeu o outro, 'A noite está tão bonita!' E o terceiro dizia, contando a receita do dia: 'Essa gente não sente a música, e as mulheres dançam feito ursos. Ainda bem que, daqui a um mês, estaremos na Áustria, onde o povo é mais amável'. 'Talvez fosse melhor a gente ir para a Espanha: o ano já vai avançado, vamos fugir antes das chuvas, assim só molhamos o gogó', respondeu um deles.

"Lembro de tudo, como vocês veem. Depois disso, beberam uma caneca de aguardente cada um e adormeceram, o rosto voltado para as estrelas. No começo, tive vontade de lhes rogar que me levassem embora com eles e que me ensinassem a tocar aqueles instrumentos; mas não tive coragem, talvez porque seja sempre difícil decidir-se ao que quer que seja, e também porque eu tinha medo de ser alcançado antes de deixar a França."

O ar pouco interessado dos três outros meninos me fez pensar que aquele pequeno já era um *incompreendido*. Eu o observava com atenção; já se via, no olho e na testa, esse não-sei-quê de precocemente fatal que costuma afastar a simpatia e que, tampouco sei por quê, suscitava a minha, a tal ponto que, por um instante, me passou pela cabeça a ideia descabida de que eu talvez tivesse um irmão desconhecido.

O sol já se pusera. A noite solene tomara seu lugar. Os meninos se separaram, cada um partindo, sem saber, ao sabor das circunstâncias e dos acasos, para amadurecer seu destino, escandalizar os seus e gravitar rumo à glória ou à desonra.

XXXII. O TIRSO

A Franz Liszt

O que é um tirso? Segundo o sentido moral e poético, é um emblema sacro, empunhado por sacerdotes e sacerdotisas celebrando a divindade de que são intérpretes e servidores. Mas, fisicamente, não é mais que um bastão, um mero bastão, uma vara de lúpulo, um tutor de vinha, seco, duro e reto. Ao redor dessa vara, em meandros caprichosos, brincam e revoluteiam hastes e flores — aquelas, sinuosas e fugidias, estas, pendentes como sinos ou taças reviradas. E uma glória admirável jorra dessa complexidade de linhas e de cores brandas ou vibrantes. Não é de se dizer que a linha curva e a espiral fazem a corte à linha reta e dançam a sua volta, em muda adoração? Não é de se dizer que todas essas corolas delicadas, todos esses cálices, essas explosões de perfumes e cores executam um místico fandango ao redor do bastão hierático? Mas que mortal imprudente ousará decidir se as flores e as parras foram feitas para o bastão ou se o bastão não é senão o pretexto para que se mostre a beleza das parras e das flores? O tirso é a representação de tua admirável dualidade, mestre poderoso e venerado, caro Bacante da Beleza misteriosa e passional. Jamais ninfa exasperada pelo invencível Baco terá agitado seu tirso sobre as cabeças das companheiras desvairadas com a mesma energia e capricho com que agitas teu gênio sobre os corações de teus irmãos. — O bastão é tua vontade, reta, firme e inquebrantável; as flores são o passeio da tua fantasia em torno a tua vontade, são o elemento feminino executando ao redor do macho suas prestigiosas piruetas. Linha reta e arabesco, intenção e expressão, rigidez da vontade, sinuosidade do verbo, unidade do fim, variedade dos meios, amálgama todo-poderoso e indivisível do gênio, qual analista terá a detestável coragem de te dividir e te separar?

Caro Liszt, através das brumas, além dos rios, acima das cidades em que os pianos cantam tua glória, em que a imprensa traduz tua sabedoria, onde quer que estejas, nos esplendores da cidade eterna ou nas brumas dos países sonhadores que Cambrinus consola, onde quer que improvises cantos de deleite ou de inefável penar, onde quer que confies ao papel tuas meditações abstrusas, cantor da Volúpia e da Angústia eternas, filósofo, poeta e artista, eu te saúdo em tua vida imortal!

XXXIII. EMBRIAGAI-VOS

É preciso estar sempre ébrio. Essa é toda, essa é a única questão. Se não quiserdes mais sentir o terrível fardo do Tempo que vos dobra as costas e vos curva ao chão, é preciso que vos embriagueis sem trégua.

Mas de quê? De vinho, de poesia ou de virtude, como quiserdes. Mas embriagai-vos.

E se, volta e meia, na escadaria de um palácio, na relva verdejante de um valado, na solidão morna de um quarto, vós vos despertardes, a ebriedade já minguante ou terminada, perguntai ao vento, à onda, à estrela, ao pássaro, ao relógio, a tudo que foge, a tudo que geme, a tudo que gira, a tudo que canta, a tudo que fala, perguntai que horas são; e o vento, a onda, a estrela, o pássaro e o relógio responderão: "É hora de se embriagar! Se não quiserdes mais ser os escravos martirizados do Tempo, embriagai-vos; embriagai-vos sem cessar! De vinho, de poesia ou de virtude, como quiserdes."

XXXIV. MAS JÁ!?

Já cem vezes o sol jorrara, radiante ou tristonho, dessa cuba imensa do mar, cujas bordas mal se percebem; cem vezes voltara a imergir, cintilante ou moroso, em seu imenso banho noturno. Fazia muitos dias que podíamos contemplar o outro lado do firmamento e decifrar o alfabeto celeste dos antípodas. E cada um dos passageiros gemia e resmungava. Mais parecia que a proximidade da terra firme exasperava seus sofrimentos. "Quando", diziam eles, "quando deixaremos de dormir um sono sacudido pela vaga, perturbado por um vento que ronca mais alto que nós mesmos? Quando poderemos comer carne que não seja tão salgada quanto o elemento infame que nos transporta? Quando poderemos fazer a digestão numa poltrona imóvel?"

Havia quem pensasse no próprio lar, quem sentisse saudades das mulheres infiéis e ranzinzas, da progênie estridente. Todos iam tão desvairados pela imagem da terra ausente, que bem teriam, creio eu, pastado na relva com mais entusiasmo que os animais.

Por fim, divisaram a linha da costa; e vimos, chegando mais perto, que era uma terra magnífica, deslumbrante. As melodias da vida nos pareciam chegar dali num vago murmúrio, e daquelas praias, ricas em vegetações de toda espécie, parecia emanar, a léguas de distância, um delicioso perfume de flores e frutos.

Não tardou para que todos ficassem alegres, todos abdicassem do mau-humor. Todas as querelas foram esquecidas, todas as ofensas recíprocas foram perdoadas; os duelos aprazados foram riscados da memória e os rancores se desvaneceram como fumaça.

Apenas eu seguia triste, inconcebivelmente triste. Semelhante a um sacerdote despojado de sua divindade, eu não sabia como, sem uma amargura dilacerante, me destacar daquele mar tão monstruosamente sedutor, daquele mar tão infinitamente variado em sua temível simplicidade, e que parece conter e representar, por seus jogos, seus trejeitos, suas cóleras e seus sorrisos, os humores, as agonias e os êxtases de todas as almas que viveram, que vivem e que viverão!

Dizendo adeus àquela incomparável beleza, eu me sentia abatido até a morte; e foi por isso que, quando cada um de meus companheiros dizia: "Enfim!", eu não pude gritar senão: "Mas já!?".

E, contudo, era a terra firme, a terra com seus ruídos, suas paixões, seus confortos, suas festas; era uma terra rica e magnífica, repleta de promessas, que nos enviava um misterioso perfume de rosa e de almíscar, e da qual as melodias da vida nos chegavam num amoroso murmúrio.

XXXV. AS JANELAS

Quem olha de fora por uma janela aberta nunca vê tantas coisas quantas vê quem olha para uma janela fechada. Não há objeto mais profundo, mais misterioso, mais fecundo, mais tenebroso, mais ofuscante que uma janela iluminada por uma lamparina. O que se pode ver ao sol é sempre menos interessante que o que se dá atrás de uma vidraça. Nesse buraco negro ou luminoso, a vida vive, a vida sonha, a vida sofre.

Mais além das ondas dos tetos, percebo uma mulher madura, já enrugada, pobre, sempre inclinada sobre alguma coisa e que não sai nunca de casa. De suas feições, de seus trajes, de seus gestos, de quase nada, refiz a história, não, a lenda dessa mulher, e por vezes eu a conto a mim mesmo, aos prantos.

Fosse um homem pobre, e eu teria refeito a sua com a mesma desenvoltura.

E vou me deitar, orgulhoso de ter vivido e sofrido na pele de outros que não eu mesmo.

Pode ser que indagueis: "Tens certeza de que essa lenda seja a verdadeira?". Mas que importa o que pode ser a realidade dada fora de mim, se me fez viver, se me fez sentir que sou e o que sou?

XXXVI. O DESEJO DE PINTAR

Infeliz do homem, talvez, mas feliz do artista que o desejo dilacera!

Eu me consumo de desejo de pintar aquela que me apareceu tão raras vezes e fugiu tão rápido, como uma coisa bela e saudosa que fica para trás do viajante conduzido noite adentro. Já faz tanto tempo que ela se foi!

Ela é bela, e mais que bela: é surpreendente. Nela impera o negro: e tudo que ela inspira é noturno e profundo. Seus olhos são dois antros nos quais cintila vagamente o mistério, e seu olhar ilumina como o relâmpago: é uma explosão em meio às trevas.

Eu a compararia a um sol negro, se fosse possível conceber um astro negro vertendo luz e felicidade. Mas ela faz antes pensar na lua, que terá deixado nela a marca de sua formidável influência; não a lua clara dos idílios, semelhante a uma noiva indiferente, mas a lua sinistra e embriagante, suspensa ao fundo de uma noite de tormenta e sacudida pelas nuvens que passam; não a lua pacata e discreta que vem visitar o sono dos homens puros, mas a lua arrancada ao céu, vencida e revoltosa, que as Feiticeiras da Tessália forçam sem dó a dançar sobre a relva em pânico!

Em sua fronte estreita, habitam a vontade tenaz e o amor à presa. Contudo, nesse rosto inquietante, em que as narinas irrequietas aspiram o desconhecido e o impossível, rebenta com graça inexprimível o riso de uma boca larga, rubra e branca, e adorável, que faz sonhar com o milagre de uma flor soberba a eclodir num terreno vulcânico.

Há mulheres que inspiram a vontade de dominá-las e possuí-las; mas essa inspira o desejo de morrer lentamente sob seu olhar.

XXXVII. AS DÁDIVAS DA LUA

A Lua, que é o capricho em pessoa, olhou pela janela enquanto dormias em teu berço e disse consigo: "Esta criança me agrada".

E ela desceu indolente sua escadaria de nuvens e deslizou sem ruído através das vidraças. Depois, ela se debruçou sobre ti com a ternura suave das mães e depôs suas cores sobre o teu rosto. Tuas pupilas se fizeram verdes, e tuas faces, extraordinariamente pálidas. Foi ao contemplar essa visitante que teus olhos se dilataram tão estranhamente; e ela te abraçou a garganta com tanta ternura que conservaste para sempre a vontade de chorar.

Enquanto isso, no auge da alegria, a Lua preenchia todo o quarto, como uma atmosfera fosfórica, como um peixe luminoso; e toda essa luz viva pensava e dizia: "Tu receberás eternamente o influxo do meu beijo. Tu serás bela a minha maneira. Tu amarás o que eu amo e o que me ama: as águas, as nuvens, o silêncio e a noite; o mar imenso e verde; as águas informes e multiformes; o lugar em que não estiveres; o amante que não conhecerás; as flores monstruosas; os perfumes que causam delírio; os gatos que desfalecem sobre os pianos e que gemem como as mulheres, com uma voz rouca e doce!

"E serás amada por meus amantes, cortejada por meus cortesãos. Serás a rainha dos homens de olhos verdes que também abracei com minhas carícias noturnas; dos homens que amam o mar, o mar imenso, tumultuoso e verde, a água informe e multiforme, o lugar em que não estão, a mulher que não conhecem, as flores sinistras, semelhantes aos turíbulos de uma religião desconhecida, os perfumes que perturbam a vontade, e os animais selvagens e voluptuosos que são os emblemas de sua loucura."

E é por isso, maldita, querida criança mimada, é por isso que agora estou deitado a teus pés, buscando em toda a tua pessoa o reflexo da formidável Divindade, da fatídica madrinha, da ama de leite que envenena todos os *lunáticos*.

XXXVIII. QUAL SERÁ A VERDADEIRA?

Conheci certa vez uma Bénédicta que preenchia o ambiente de ideal e cujos olhos irradiavam o desejo de grandeza, de beleza, de glória e de tudo que nos faz crer na imortalidade.

Mas aquela moça miraculosa era bela demais para viver por muito tempo; foi assim que morreu poucos dias depois que a encontrei, e coube a mim enterrá-la, num dia em que mesmo nos cemitérios a primavera agitava seu turíbulo. Coube a mim enterrá-la, encerrada num féretro de madeira perfumada e incorruptível como as urnas da Índia.

E como meus olhos continuassem fixados no lugar em que jazia sepulto meu tesouro, vi de repente uma figura diminuta, que se parecia estranhamente à defunta e que, sapateando sobre a terra revirada com uma violência histérica e insólita, dizia às gargalhadas: "Sou eu a verdadeira Bénédicta! Sou eu a ilustre canalha! E, como punição de teu desvario e de tua cegueira, tu me amarás assim como sou!".

Mas eu, furioso, respondi: "Não, não, não!". E, para melhor sublinhar minha recusa, eu calcava a terra com tanta violência que minha perna se afundou até o joelho na sepultura recente e, feito lobo preso na armadilha, fiquei preso, talvez para sempre, na fossa do ideal.

XXXIX. UM CAVALO DE RAÇA

Ela é bem feia. E, contudo, que delícia!

O Tempo e o Amor marcaram-na com suas garras e lhe ensinaram cruelmente que cada minuto e cada beijo cobram em juventude e em frescor.

Ela é feia a valer; é formiga, aranha, quem sabe mesmo esqueleto; mas é também beberagem, magistério, bruxedo! Em suma, é admirável.

O Tempo não pôde romper a harmonia crepitante de seus movimentos nem a elegância indestrutível de sua compleição. O Amor não alterou a suavidade de seu hálito de criança; e o Tempo não arrancou nada da sua crina abundante, donde se exala em ferazes perfumes toda a vitalidade do Sul francês: Nîmes, Aix, Arles, Avignon, Narbonne, Toulouse, cidades abençoadas pelo sol, amorosas e sedutoras!

O Tempo e o Amor morderam-na com seus belos dentes; em nada diminuíram o encanto vago, mas eterno do seu busto juvenil.

Gasta, quiçá, mas não cansada, e sempre heroica, ela faz pensar nesses cavalos de grande raça que o olho do verdadeiro aficionado reconhece, mesmo quando atrelados a um carro de aluguel ou a uma pesada carroça.

E, além do mais, ela é tão doce e tão ardorosa! Ela ama como se ama no outono; dir-se-ia que as investidas do inverno acendem um fogo renovado em seu coração, e o servilismo da sua ternura não chega nunca a cansar.

XL. O ESPELHO

Um homem pavoroso entra e se olha no espelho.

— Por que o senhor se olha no espelho, se não tem como se ver senão com desgosto?

O homem pavoroso me responde:

— Meu senhor, segundo os imortais princípios de 89, todos os homens são iguais em direitos; portanto, tenho o direito de me olhar; se com gosto ou com desgosto, isso só diz respeito a minha consciência.

Talvez, falando pelo bom senso, eu estivesse certo; mas, do ponto de vista da lei, ele não estava errado.

XLI. O PORTO

Um porto é um repouso sedutor para uma alma fatigada das lutas da vida. A vastidão do céu, a arquitetura móvel das nuvens, as colorações cambiantes do mar, o cintilar dos faróis são um prisma maravilhosamente propício a entreter os olhos sem jamais cansá-los. As formas esguias dos navios de aparelhagem complicada, aos quais o marulho imprime oscilações harmoniosas, servem para cultivar na alma o sentido do ritmo e da beleza. Além disso, e sobretudo, há uma espécie de prazer misterioso e aristocrático, para quem não tem mais curiosidade ou ambição, em estar a contemplar, reclinado no mirante ou debruçado sobre o quebra-mar, todos os movimentos dos que partem e dos que retornam, dos que ainda têm a força de querer, o desejo de viajar ou de enriquecer.

XLII. RETRATOS DE AMANTES

Numa alcova masculina, isto é, na sala de fumar anexa a uma elegante casa de jogatina, quatro homens fumavam e bebiam. Não eram, precisamente, nem jovens nem velhos, nem bonitos nem feios; mas, jovens ou velhos, eram todos dotados dessa distinção inconfundível dos veteranos da alegria, desse indescritível não-sei-quê, dessa tristeza fria e zombeteira que diz com todas as letras: "Vivemos a valer e estamos em busca de algo que pudéssemos amar e estimar".

Um deles levou a conversa para o tema das mulheres. Teria sido mais filosófico não tocar no assunto; mas há pessoas de espírito que, depois de beber, não desdenham a troca de banalidades. Os demais ouvem aquele que se põe a falar como se ouvissem música de baile.

— Todo homem — dizia ele — já teve a idade de Querubim: é a época em que, à falta de dríades, abraçamos de bom grado um tronco de carvalho. É o primeiro grau do amor. Chegando ao segundo grau, começamos a escolher. Poder deliberar é o começo da decadência. É então que saímos categoricamente atrás da beleza. No que me diz respeito, meus senhores, posso me vangloriar de ter chegado há muito tempo à época climatérica, ao terceiro grau, em que mesmo a beleza já não basta, quando não vem temperada pelo perfume, pelas joias *et caetera*. Admito até que vez por outra aspiro — como quem aspira a uma felicidade desconhecida — a um quarto grau, que deve assinalar a calma absoluta. Mas, durante toda a minha vida, com exceção da idade de Querubim, fui mais sensível que qualquer outro à irritante tolice, à maçante mediocridade das mulheres. O que mais aprecio nos animais é a candura. Por aí já imaginam quanto não sofri às mãos da minha última amante.

— Era a filha bastarda de um príncipe. Bonita, não preciso nem dizer; se não fosse, por que eu a teria assumido? Mas ela estragava essa grande qualidade por obra de uma ambição vulgar e disforme. Era uma mulher que queria sempre se fazer de homem. "Você não é homem bastante! Ah, se eu fosse homem! De nós dois, o mais homem sou eu!" Tais eram os insuportáveis estribilhos que irrompiam daquele boca, da qual eu teria preferido só ouvir canções. A propósito de um livro, um poema, uma ópera pelos quais eu demonstrasse admiração, ela logo dizia: "Você por acaso acha que isso tem força? E desde quando você sabe o que é ter força?". E tome a argumentar.

— Um belo dia, passou a se dedicar à química, de modo que, daí em diante, entre a sua e a minha boca, passei a topar com uma máscara de vidro. Não bastasse tudo isso, era toda pudica. Quando, vez por outra, eu a pegava com um gesto um pouco amoroso demais, ela se contorcia feito uma sensitiva violada...

— E no que deu isso tudo? — disse um dos outros três. — Não sabia que você era tão paciente.

— Deus — continuou ele — cuidou de pôr o remédio no mal. Certo dia, encontrei essa Minerva, sequiosa de força ideal, entregue a uma conversa íntima com meu criado, e numa posição tal que me obrigou a uma retirada discreta, a fim de não fazê-los corar. Na mesma noite, dispensei os dois, pagando a ambos os honorários em aberto.

— Quanto a mim — recomeçou seu interlocutor —, só posso reclamar de mim mesmo. A felicidade veio bater a minha porta, e eu não a reconheci. Quis o destino, nestes últimos tempos, outorgar a mim o prazer de ter uma mulher que era talvez a mais doce, a mais submissa e a mais devotada das criaturas — e sempre à disposição, e sem arroubos! "Se lhe agrada, então está bem", era a resposta de sempre. Podem aplicar uma sova a esta parede ou a este sofá, e eu lhes garanto que lhes arrancarão mais suspiros do que puderam extrair do seio de minha amante os meus ímpetos de amor mais vigorosos. Depois de um ano de vida em comum, ela me confessou que jamais chegara a ter prazer. Perdi todo gosto por esse duelo desigual, e essa moça incomparável casou-se com outro. Mais tarde, tive a fantasia de revê-la, e ela me disse, mostrando seis belas crianças: "Pois é, meu amigo querido, a esposa de agora é ainda tão *virgem* quanto a amante de outrora". Nada mudara em sua pessoa. Às vezes tenho saudade: devia ter me casado com ela.

Os outros se puseram a rir, e um terceiro disse, por sua vez:

— Senhores, conheci prazeres que vocês talvez tenham deixado de lado. Quero falar do elemento cômico no amor, e de um cômico que não exclui a admiração. Admirei minha última amante em grau maior do que, imagino, vocês terão odiado ou amado as suas. E todo mundo admirava-a tanto quanto eu. Quando entrávamos num restaurante, bastavam alguns minutos para que todos deixassem de comer para contemplá-la. Mesmo o garçom e a senhora do caixa partilhavam esse êxtase contagioso, a ponto de deixar de lado suas tarefas. Em suma, privei por algum tempo da intimidade de um *fenômeno* vivo. Ela comia, mastigava, triturava, devorava, engolia, mas sempre com o ar mais leviano e despreocupado do mundo. Ela me manteve muito tempo assim, em êxtase. Tinha um jeito doce, sonhador, inglês e romanesco de dizer: "Estou com fome!". E repetia essas palavras dia e noite, mostrando os dentes mais bonitos do mundo, que teriam a um só tempo comovido e divertido os senhores. Eu poderia ter feito fortuna exibindo-a nas feiras como *monstro polífago*. Eu a alimentava bem; e mesmo assim ela me abandonou...

— Por um fornecedor de víveres, quem sabe?

— Algo por aí, uma espécie de empregado da Intendência que, sabe-se lá por qual passe de mágica, desviava para a pobre menina a ração de vários soldados. Pelo menos é o que eu suponho.

— E eu — disse o quarto —, eu passei por sofrimentos atrozes, mas por razões opostas às que, em geral, se reprovam à fêmea egoísta. Que disparate, ó, venturosos mortais, os senhores a se queixarem das imperfeições de suas amantes!

Isso foi dito em tom muito sério, por um homem de aspecto suave e composto, de uma fisionomia quase clerical, infelizmente iluminada por olhos de um cinza-claro, olhos cuja mirada diz: "Eu quero!" ou "É preciso!" ou mesmo "Não perdoo jamais!".

— Nervoso como sei que é, meu caro G..., ou covardes e levianos como ambos são, meus caros K... e J..., os senhores teriam ou fugido, ou morrido, caso tivessem sido acoplados a certa mulher que conheço. Sobrevivi, como podem ver. Imaginem uma pessoa incapaz de cometer um erro de sentimento ou de cálculo; imaginem uma desoladora serenidade de caráter; uma devoção sem comédia e sem ênfase; uma doçura sem fraqueza; uma energia sem violência. A história do meu amor mais se parece a uma interminável viagem por uma superfície pura e polida como um espelho, vertiginosamente monótona, que refletisse todos os meus sentimentos e os meus gestos com a exatidão irônica da minha própria consciência, de modo que eu não podia me permitir um só gesto ou sentimento insensato sem notar imediatamente a reprovação muda do meu inseparável espectro. O amor parecia uma tutela. Quantas vezes ela não me salvou de tolices, que hoje lamento não ter cometido! Quantas dívidas pagas, malgrado meu! Ela me privava de todos os benefícios que eu teria podido extrair da minha loucura pessoal. Ela barrava todos os meus caprichos com uma fria e intransponível regra. Passado o perigo, e para cúmulo do meu horror, ela não exigia gratidão. Quantas vezes não tive de me conter para não lhe saltar ao pescoço, gritando: "Seja imperfeita, mulher miserável!, para que eu possa amar sem angústia e sem cólera!". Por muitos anos, eu a admirei, o coração tomado de ódio. Mas enfim, não fui eu a morrer!

— Ah! — exclamaram os outros. — Quer dizer que está morta?

— Sim, a coisa não podia continuar daquele jeito! O amor tornara-se um pesadelo opressivo para mim. Vencer ou morrer, como diz a Política, era essa a alternativa que me impunha o destino! Certa noite, num bosque... à beira de um brejo... depois de um melancólico passeio em que os olhos dela refletiam a doçura do céu e em que o meu coração ia crispado como o inferno...

— O quê!?

— Como!?

— O que você está dizendo?

— Era inevitável. Sou de um temperamento equânime demais para espancar, humilhar ou despedir um criado irrepreensível. Mas era preciso harmonizar esse temperamento ao horror que me inspirava aquele ser; era preciso me livrar daquele ser sem lhe faltar ao respeito. O que mais queriam que eu fizesse dela, *uma vez que era perfeita?*

Os três outros companheiros miraram-no com um olhar vago e ligeiramente pasmo, como que fingindo não compreender e como que confessando implicitamente que não se sentiam, de sua parte, capazes de um ato tão rigoroso, mesmo que, de resto, tão suficientemente explicado.

Em seguida, mandaram trazer mais garrafas, para matar o Tempo, que leva a vida tão dura, e acelerar a Vida, que passa tão devagar.

XLIII. O GALANTE ATIRADOR

A carruagem ia atravessando o bosque quando ele mandou que a parassem nas proximidades de um galpão de tiro, dizendo que gostaria de disparar umas quantas balas a fim de *matar* o Tempo. Matar esse monstro não é a ocupação mais comum e mais legítima de todos e cada qual? E ele estendeu galantemente a mão para sua querida, esplêndida e execrável mulher, para essa misteriosa mulher a quem deve tantos prazeres, tantos sofrimentos e talvez também uma boa parte de seu gênio.

Várias balas foram terminar longe do alvo proposto; uma delas foi mesmo se cravar no teto; e, como a encantadora criatura risse desabrida, zombando da inépcia do esposo, este se voltou bruscamente e lhe disse: "Observe aquela boneca, ali, à direita, de nariz em riste e feições tão altaneiras. Pois bem, meu anjo, *vou imaginar que ela é você.*" E fechou os olhos e puxou o gatilho. A boneca foi decapitada no ato.

Então, inclinando-se para sua querida, sua esplêndida, sua execrável mulher, sua inevitável e impiedosa Musa, e beijando-lhe a mão com todo respeito, acrescentou: "Ah, meu anjo querido, quanto lhe sou grato por minha destreza!".

XLIV. A SOPA E AS NUVENS

Minha bem-amada doidivanas me servia o jantar, e pela janela aberta da sala eu contemplava as moventes arquiteturas que Deus cria com os vapores, as maravilhosas construções do impalpável. E, em meio à contemplação, eu me dizia: "Todas essas fantasmagorias são quase tão belas quanto os olhos da minha bela bem-amada, essa maluquinha de olhos verdes".

E então, de repente, levei um tapa violento nas costas e ouvi uma voz rouca e encantadora, uma voz histérica e como rachada pela aguardente, a voz da minha querida, da minha pequena bem-amada, que dizia: "Tome logo essa sopa, imbecil, ou vai ficar aí contando nuvens?".

XLV. O GALPÃO DE TIRO E O CEMITÉRIO

— À vista do cemitério — *Café*. — "Singular tabuleta", disse consigo nosso caminhante, "mas bem pensada para dar sede! Não há dúvida, o dono deste botequim sabe apreciar Horácio e os poetas discípulos de Epicuro. Quem sabe até conheça o refinamento profundo dos antigos egípcios, para os quais não havia bom festim sem esqueleto ou sem algum outro emblema da brevidade da vida."

Então entrou, bebeu um trago diante dos sepulcros e fumou lentamente um charuto. Depois, foi tomado pela fantasia de descer até o cemitério, onde a relva era alta e convidativa e onde reinava um sol tão pujante.

Com efeito, a luz e o calor faziam ali o que bem queriam, e mais parecia que o sol ébrio se refestelava sobre um tapete de flores magníficas, adubadas pela destruição. Um imenso zumbido de vida preenchia o ar — a vida dos infinitamente pequenos —, cortado a intervalos regulares pela crepitação dos disparos de um galpão de tiro vizinho, que estalavam como explosões de rolhas de champanhe em meio ao murmúrio de uma sinfonia em surdina.

Então, sob o sol que lhe aquecia o cérebro e imerso na atmosfera dos ardentes perfumes da Morte, ele ouviu uma voz a sussurrar sob o sepulcro em que se sentara. E essa voz dizia: "Malditos sejam vossos alvos e vossas carabinas, irrequietos viventes, que fazeis tão pouco caso dos defuntos e de seu divino repouso! Malditas sejam vossas ambições, malditos sejam vossos cálculos, mortais impacientes, que vindes praticar a arte de matar junto ao santuário da Morte! Se soubésseis como o prêmio é fácil de ganhar, como a meta é fácil de atingir, e como tudo é nada, exceto a Morte, não vos cansaríeis tanto, laboriosos viventes, e perturbaríeis menos o sono daqueles que há muito tempo chegaram à Meta, à única meta veraz desta vida detestável!".

XLVI. PERDA DE AURÉOLA

— Mas como? Você por aqui, meu caro? Você, num lugar de má fama! Você, sorvedor de quintessência, você, um degustador de ambrosia! Vamos e venhamos, é de surpreender!

— Meu caro, você sabe do meu terror aos cavalos e às carruagens. Ainda há pouco, quando vinha atravessando o bulevar com a maior pressa, saltitando sobre a lama, através daquele caos movente em que a morte chega a galope, de todos os lados, a um só tempo, minha auréola, por conta de um movimento brusco, deslizou da minha cabeça e caiu no lodo do macadame. Não tive coragem de pegá-la de volta. Achei menos desagradável perder minhas insígnias do que ter os ossos rebentados. E, depois, eu me dizia, há males que vêm para bem. Agora posso passear incógnito, cometer atos vis e me entregar à devassidão, como os simples mortais. E cá estou, perfeitamente semelhante a você, como vê!

— Você poderia ao menos pôr anúncios ou prestar queixa ao delegado.

— Ó, céus, não! Estou bem por aqui. Só você me reconheceu. De resto, a dignidade me entedia. E gosto de pensar que um mau poeta qualquer há de recolhê-la e envergá-la sem pudor. Fazer o bem ao próximo, que prazer! Ainda mais a um bem-aventurado que me fará rir! Pense em X ou em Z! Que tal? Como será divertido!

XLVII. SENHORITA BISTURI

Quando ia chegando ao extremo daquele arrabalde, sob os clarões do gás, senti um braço que se metia suavemente sob o meu e ouvi uma voz que me dizia ao ouvido:

— O senhor é médico?

Voltei os olhos: era uma moça alta, robusta, de olhos bem abertos, levemente maquiada, os cabelos flutuando ao vento, junto com as fitas do chapéu.

— Não, não sou médico. Permita-me passar.

— Mas é claro que o senhor é médico! Logo se vê. Venha até em casa. O senhor vai gostar de mim, vamos!

— Talvez eu vá vê-la, mas mais tarde, *depois do médico*, que diabo...!

— Hahaha — exclamou ela, sempre me segurando o braço e rebentando numa risada —, o senhor é um médico piadista, já conheci vários assim. Venha.

Tenho paixão pelo mistério, pois nutro sempre a esperança de deslindá-lo. Assim, deixei-me arrastar por aquela companhia, ou, antes, por aquele enigma inesperado.

Omito a descrição do pardieiro; pode-se encontrá-la em diversos poetas franceses de outrora, todos bem conhecidos. Mas havia um detalhe que passou despercebido a Régnier: dois ou três retratos de médicos célebres pendurados nas paredes. *

Como fui mimado! Fogo alto na lareira, vinho quente, charutos; e, enquanto me oferecia todos esses luxos e acendia ela mesma um charuto, a divertida criatura me dizia:

— Faça como se estivesse em casa, meu amigo, fique à vontade. Vai se lembrar do hospital e dos bons tempos de juventude. Mas o que é isso, onde foi arranjar esses cabelos brancos? O senhor não era assim, não faz muito tempo, quando era interno do doutor L***. Eu me lembro que era o senhor que o assistia nas operações graves. Como aquele homem gostava de cortar, retalhar e aparar! Era o senhor que lhe estendia os instrumentos, os fios e as esponjas. E como, finda a operação, ele dizia, todo orgulhoso e olhando para o relógio de pulso: "Cinco minutos, meus senhores!". Ah, eu ando por toda parte! Conheço bem esses doutores!

Alguns minutos mais tarde, já me tratando familiarmente, ela retomava a ladainha e me dizia:

— Você é médico, não é, meu gatinho?

Aquele estribilho ininteligível me fez levantar de um salto:

— Não! — gritei, furioso.

— Cirurgião?

— Não e não! A não ser que seja para te decepar a cabeça, Sacrossanto Cibório da Marafona!

— Espere — continuou ela —, você vai ver.

E tirou de um armário um maço de papéis que não era outra coisa senão a coleção de retratos dos médicos ilustres de nosso tempo, litografados por Maurin, que por muitos anos estiveram à venda no cais Voltaire.

— Olhe só! Você reconhece este aqui?

— Sim, é X. De resto, o nome está na legenda; mas não o conheço pessoalmente.

— Eu sabia! Olhe, aqui está Z., que dizia em aula, falando de X.: "Esse monstro que leva no rosto a escuridão de sua alma!". Tudo porque o outro não era da mesma opinião que ele sobre certo caso! Como riam disso na Escola, naqueles tempos! Você não se lembra? E olhe, aqui está K., o que entregava ao governo os insurretos que tratava em seu hospital. Foi no tempo dos motins. Como é possível que um homem tão bonito tenha tão pouco coração? E agora aqui está W., um famoso médico inglês; eu o peguei quando veio a Paris. Tem um jeito de mocinha, não tem?

Em seguida, quando eu estava a ponto de tocar um pacote amarrado com barbante, em cima de uma mesinha, ela disse:

— Espere um pouco, esses aí são os internos, e neste pacote aqui ficam os externos.

E abriu em leque uma massa de imagens fotográficas, representando fisionomias bem mais jovens.

— Quando nos encontrarmos de novo, você vai me dar o seu retrato, não vai, meu querido?

— Mas por quê — respondi, obedecendo, eu também, a minha ideia fixa —, por que você acha que eu sou médico?

— É que você é gentil e bondoso com as mulheres!

— Que lógica mais singular! — pensei comigo.

— Ah, nisso eu não me engano nunca, já conheci tantos! Gosto tanto desses senhores que, por mais que não esteja doente, volta e meia vou vê-los, apenas para vê-los. Há quem me diga friamente: "A senhora não tem doença nenhuma!". Mas há quem me entenda, pelos trejeitos que faço.

— E quando eles não a compreendem?

— Ora essa! Como os incomodei *inutilmente*, eu deixo dez francos em cima da lareira. Como são bons, como são doces esses homens! Descobri na Pitié um internozinho que é uma graça, parece um anjo — e como é educado, e como trabalha, o pobre rapaz! Os colegas dele me disseram que não tinha um tostão, porque seus pais são pobretões, sem nada para mandar. Isso me deu confiança. Afinal de contas, eu sou uma mulher bastante bonita, se bem que já não muito jovem. Eu lhe disse: "Venha me ver, venha me ver sempre. E não precisa se incomodar comigo, não preciso de dinheiro." Você já imagina que dei a entender tudo isso a ele de muitas maneiras, sem ter de dizer as coisas cruamente; eu tinha tanto medo de humilhar o moço! Mas escute, você acredita que tenho uma vontade engraçada, que não tenho coragem de contar para ele? Queria que ele viesse me ver de maleta e jaleco, pode até ser com um pouco de sangue em cima!

Ela disse isso com ar muito cândido, como um homem sensível diria à atriz que ama: "Quero vê-la vestida com o figurino que usava naquele famoso papel que você estreou!".

Sempre obstinado, voltei a lhe perguntar:

— Você saberia recordar em que época e circunstância nasceu essa sua paixão tão peculiar?

Foi com dificuldade que me fiz compreender; por fim, consegui. Mas então ela me respondeu com ar muito triste, chegando mesmo, se recordo bem, a desviar os olhos:

— Não sei... Não me lembro...

Quanta bizarria não se encontra numa cidade grande, quando se sabe passear e olhar! A vida formiga de monstros inocentes. — Senhor meu Deus! Tu, Criador; tu, Mestre; tu, que criaste a Lei e a Liberdade; tu, soberano que deixas seguir a vida, tu, juiz que perdoas; tu, que és pleno de motivos e de causas e que talvez tenha plantado em meu espírito o gosto pelo horror, a fim de converter meu coração, como a cura na ponta de uma lâmina; Senhor, tem piedade, tem piedade dos loucos e das loucas! Ó, Criador! Pode haver monstros aos olhos Daquele que é o único a saber por que eles existem, como *vieram a ser* e como teriam podido *não ser*?

XLVIII. *ANYWHERE OUT OF THE WORLD*
[SEJA ONDE FOR, LONGE DESTE MUNDO]

Esta vida é um hospital em que cada enfermo é possuído pelo desejo de mudar de leito. Este gostaria de sofrer diante do aquecedor, e aquele acredita que se curaria junto à janela.

Tenho sempre a sensação de que estaria muito bem ali onde não estou, e essa questão da mudança é tema que discuto sem cessar com minha alma.

"Diz, minha alma, minha pobre alma resfriada, que pensarias de morar em Lisboa? Deve fazer calor por lá, e tu te refestelarias feito um lagarto. A cidade fica à beira d'água; dizem que é toda construída em mármore, e que o povo tem tal ódio a tudo o que é vegetal que arranca todas as árvores. Eis aí uma paisagem a teu gosto; uma paisagem feita de luz e minério, mais o elemento líquido para refleti-los!"

Minha alma não responde.

"Como tens tanto gosto pelo repouso quanto pelo espetáculo do movimento, que pensas de ir morar na Holanda, essa terra beatífica? Talvez te divertisses nesse país cuja imagem tantas vezes admiraste nos museus. Que pensas de Rotterdam, tu que amas as florestas de mastros e os navios atracados ao pé das casas?"

Minha alma segue muda.

"Batávia te pareceria mais sorridente, quiçá? Encontraríamos ali o espírito da Europa casado à beleza tropical."

Nem uma palavra. Minha alma estaria morta?

"Chegaste a tal grau de torpor que só te regalas com teu próprio mal? Se assim é, fujamos rumo a essas terras que são analogias da Morte! — Está decidido, pobre alma! Façamos nossas malas para Tornea. Avancemos ainda mais longe, ao ponto extremo do Báltico; ainda mais longe de toda vida, se for possível; instalemo-nos no polo. Lá o sol não roça a terra senão obliquamente, e as lentas alternâncias da luz e da noite suprimem a variedade e aumentam a monotonia, que já é meio caminho rumo ao nada. Lá tomaremos longos banhos de trevas, enquanto, a fim de nos divertir, as auroras boreais nos enviarão de tempos em tempos seus ramalhetes cor-de--rosa, como reflexos de fogos de artifício do Inferno!"

Minha alma por fim explode, e sábia me grita: "Seja onde for! Seja onde for, contanto que longe deste mundo!".

XLIX. PAU NOS POBRES!

Durante quinze dias, eu me confinara no meu quarto e me cercara dos livros que andavam na moda à época (há dezesseis ou dezessete anos); estou falando de livros que tratam da arte de tornar os povos felizes, sensatos e ricos em vinte e quatro horas. Tinha, pois, digerido — engolido, quero dizer — todas as elucubrações de todos esses empreendedores da felicidade geral — os que aconselham a todos os pobres que se escravizem, e os que os convencem de que todos são reis destronados. — Não é de surpreender que eu estivesse, a essa altura, num estado de espírito próximo da vertigem ou da estupidez.

Apesar de tudo, eu pressentia, confinado no fundo de meu intelecto, o germinar obscuro de uma ideia superior a todas as fórmulas de comadre cujo dicionário eu acabara de percorrer. Mas aquilo não era mais que a ideia de uma ideia, alguma coisa de infinitamente vago.

E saí de casa com muita sede. Pois o gosto passional pelas más leituras engendra uma necessidade proporcional de ar livre e de alguma coisa refrescante.

Quando eu estava a ponto de entrar num botequim, um mendigo me estendeu o chapéu, com um desses olhares inesquecíveis que derrubariam os tronos, se o espírito pudesse mover a matéria e se o olho de um magnetizador fosse capaz de amadurecer as uvas.

Ao mesmo tempo, ouvi uma voz que me sussurrava ao pé do ouvido, uma voz que logo reconheci; era a voz do Anjo bom, ou quiçá do bom Demônio, que me acompanha a toda parte. Se Sócrates tinha seu bom Demônio, por que eu não teria meu Anjo bom, e por que não teria eu a honra, como Sócrates, de obter meu brevê de loucura assinado pelo sutil Lélut e pelo sagaz Baillarger? *

Há, porém, uma diferença entre o Demônio de Sócrates e o meu: o de Sócrates só se manifestava para ele a fim de proibir, advertir, impedir, ao passo que o meu se dá ao trabalho de aconselhar, sugerir, persuadir. O pobre Sócrates não tinha mais que um Demônio proibidor; o meu é um grande afirmador, o meu é um Demônio de ação, um Demônio de combate.

Ora, sua voz me sussurrava o seguinte: "Só é igual aos outros aquele que o prova, e só é digno de sua liberdade quem sabe conquistá-la".

Imediatamente parti para cima do meu mendigo. Com um só murro, eu lhe arrebentei um olho, que num segundo ficou do tamanho de uma bola. Quebrei minha unha ao lhe arrancar dois dentes e, a fim de dar cabo do velho o mais rápido possível — pois eu sentia não ter forças de sobra, sendo de constituição delicada e pouco afeita ao boxe —, segurei-o com uma das mãos pela gola do casaco, enquanto com a outra eu lhe apertava a garganta; e me pus vigorosamente a bater sua cabeça contra uma parede. Devo confessar que antes, num golpe de vista, eu tinha inspecionado as redondezas e verificado que, naquele arrabalde deserto, eu estava por um bom momento fora do alcance de qualquer policial.

Tendo, em seguida, com um chute aplicado às costas, enérgico o bastante para lhe rachar as omoplatas — tendo deitado por terra aquele débil sexagenário, empunhei um grosso galho de árvore que estava ali pelo chão e dei-lhe uma sova com a energia obstinada dos cozinheiros que tentam amaciar um bife.

De repente — ó, milagre! ó, deleite do filósofo que verifica a excelência de sua teoria! —, vi aquela antiga carcaça voltar-se, reerguer-se com uma energia que eu não teria suspeitado numa máquina tão singularmente destrambelhada; e então, com um olhar de ódio que me pareceu *de bom augúrio*, o velhaco decrépito atirou-se para cima de mim, me castigou os dois olhos, me arrancou quatro dentes e, com o mesmo galho de árvore, me desceu o sarrafo. — Por meio de minha medicação enérgica, eu lhe devolvera o orgulho e a vida.

Então multipliquei os sinais para lhe dar a entender que considerava a discussão encerrada e, levantando-me com a satisfação de um sofista do Pórtico, eu lhe disse: "Meu senhor, *o senhor é meu igual!* Queira me dar a honra de partilhar comigo o que eu tiver no bolso; e lembre-se, caso seja um genuíno filantropo, que é preciso aplicar a todos os confrades que lhe peçam esmola a teoria que tive a *dor* de testar nas suas costas."

Ele me jurou que compreendera bem minha teoria e que seguiria meus conselhos.

Que dizes tu, cidadão Proudhon?   *

L. OS BONS CÃES

AO SENHOR JOSEPH STEVENS

Nunca me envergonhei, mesmo diante dos jovens escritores de meu século, de minha admiração por Buffon; mas hoje não é a alma desse pintor da natureza pomposa que invocarei em meu auxílio. Não.

Com muito mais gosto, eu me dirigiria a Sterne e lhe diria: "Desce dos céus ou sobe dos campos Elíseos até mim, para me inspirar, em favor dos bons cães, dos pobres cães, um canto digno de ti, sentimental farsante, farsante incomparável! Volta, encarapitado sobre aquele famoso burrico que sempre te acompanha na memória da posteridade; e, sobretudo, que aquele burrico não esqueça de trazer, delicadamente preso entre os lábios, seu imortal docinho de amêndoa!".

Abaixo a musa acadêmica! Não tenho nada que fazer com essa velha pudibunda. Invoco a musa familiar, a citadina, a viva, para que me ajude a cantar os bons cães, os pobres cães, os cães imundos, que todo mundo afugenta por pestilentos e piolhentos, exceto o pobre, de quem eles são companheiros, e o poeta, que os vê com olhos fraternais.

Longe de mim o cão mimoso, esse fátuo quadrúpede, dinamarquês, *king-charles*, de caça ou de colo, tão encantado consigo mesmo que se lança indiscretamente entre as pernas ou sobre os joelhos do visitante, certo de agradar, alvoroçado feito uma criança, tonto feito uma costureirinha, por vezes rabugento e insolente feito um criado! Longe de mim, sobretudo, essas serpentes de quatro patas, trêmulas e desocupadas, que se chamam galgos e que nem sequer têm, no focinho pontudo, faro bastante para seguir a pista de um amigo, como não têm, na cabeça achatada, inteligência bastante para jogar dominó!

Já para a casinha, bando de enfadonhos parasitas!

Que voltem para a casinha de sedas e almofadas! Eu canto o cão imundo, o cão pobre, o cão sem domicílio, o cão andarilho, o cão saltimbanco, o cão cujo instinto, como o do pobre, do boêmio e do histrião, é prodigiosamente aguçado pela necessidade, essa mãe tão bondosa, essa verdadeira padroeira das inteligências!

Eu canto os cães calamitosos, sejam os que erram, solitários, pelas ravinas sinuosas das imensas cidades, sejam os que disseram ao homem abandonado, com olhos pestanejantes e espirituais: "Leva-me contigo, e com nossas duas misérias faremos, quem sabe, uma espécie de felicidade!".

"*Para onde vão os cães?*", perguntava outrora Nestor Roqueplan, num imortal folhetim que ele terá esquecido e do qual apenas eu e talvez Sainte-Beuve ainda nos lembramos hoje.

Para onde vão os cães, perguntam os senhores, pouco atentos que são? Vão cuidar da própria vida.

Encontros de negócio, encontros de amor. Através da bruma, através da neve, através da imundície, sob a canícula que morde, sob a chuva que cai, eles vão, eles vêm, eles trotam, eles passam por baixo das carruagens, excitados pelas pulgas, pela paixão, pela necessidade ou pelo dever. Como nós, acordaram cedo pela manhã, e agora vão atrás da vida ou correm atrás dos prazeres.

Há os que se deitam para dormir numa ruína de arrabalde e vêm todo dia, em hora fixa, reclamar a espórtula à porta de uma cozinha do Palais-Royal; há os que, em tropel, acorrem de mais de cinco léguas para partilhar da refeição que lhes proporciona a caridade de certas donzelas sexagenárias, cujo coração ocioso vive para os animais, agora que os homens imbecis não as querem mais.

Há outros ainda que, como negros fujões, loucos de amor, abandonam sua província para vir à cidade, perambular por uma hora atrás de uma bela cadela, de toalete um tanto descuidada, mas altiva e agradecida.

E são todos muito pontuais, mesmo sem cadernetas, sem anotações e sem pastas.

Já estiveram na preguiçosa Bélgica e já admiraram, como eu, todos esses cães vigorosos atrelados à charrete do açougueiro, da leiteira ou do padeiro, e que dão testemunha, com latidos triunfantes, do prazer orgulhoso que sentem em rivalizar com os cavalos?

Pois aqui estão dois que pertencem a uma ordem ainda mais civilizada! Permitam-me introduzir os senhores no quarto do saltimbanco ausente. Uma cama de madeira pintada, sem cortinas, os cobertores pendentes e sujos de percevejos, duas cadeiras de palha, uma estufa de ferro, um ou dois instrumentos musicais desbeiçados. Ai, que triste mobília! Mas observem, eu lhes peço, esses dois personagens inteligentes, metidos em vestes puídas e suntuosas ao mesmo tempo, com chapéus de trovador ou de militar, que vigiam, com uma atenção digna de feiticeiros, *a obra inominável* que requenta sobre a estufa acesa e em cujo centro se ergue uma colher comprida, plantada ali como um desses mastros arvorados para anunciar que a carpintaria está pronta.

Não parece justo que atores tão zelosos possam forrar o estômago com uma sopa sólida e suculenta, antes de pôr o pé na estrada? E não se há de perdoar alguma sensualidade a esses pobres diabos que terão de passar o dia inteiro afrontando a indiferença do público e as injustiças de um diretor que leva a parte do leão e toma sozinho mais sopa que quatro atores?

Quantas vezes não contemplei, sorrindo enternecido, todos esses filósofos de quatro patas, submissos e dedicados, que o dicionário republicano bem poderia qualificar de *oficiosos*, se a república, ocupada demais com a *felicidade* dos homens, tivesse tempo para cuidar da *honra* dos cães!

E quantas vezes não pensei que devia haver, em algum lugar (quem sabe, afinal?), para recompensar tanta coragem, tanta paciência e labuta, um paraíso especial para os bons cães, os pobres cães, os cães imundos e desolados. Swedenborg não diz que há um para os turcos e outro para os holandeses!?

Os pastores de Virgílio e Teócrito esperavam, por prêmio de seus cantos alternados, um bom queijo, uma flauta do melhor artesão ou uma cabra de tetas inchadas. O poeta que cantou os pobres cães recebeu, por recompensa, um belo colete, de uma cor ao mesmo tempo pujante e pálida, que faz pensar nos sóis de outono, na beleza das mulheres maduras e nos veranicos de São Martinho.

Nenhum dos que estavam presentes à taberna da rua Villa-Hermosa haverá de esquecer com que garbo o pintor se despojou de seu colete em favor do poeta, tão bem sabia ele como era bom, como era digno que se cantassem os pobres cães.

Do mesmo modo, os magníficos tiranos italianos dos bons tempos ofereciam ao divino Aretino ora uma adaga ornada de pedrarias, ora um manto de corte, em troca de um precioso soneto ou de um curioso poema satírico.

E agora, toda vez que enverga o colete do pintor, o poeta se vê forçado a pensar nos bons cães, nos cães filósofos, nos veranicos de São Martinho e na beleza das mulheres muito maduras.

Notas

SOBRE O TEXTO

Esta nova tradução brasileira de *O spleen de Paris* segue —
com uma única exceção, ao final de "Pau nos pobres!", justificada mais abaixo — o texto estabelecido por Claude Pichois
em sua edição das *Oeuvres complètes* de Baudelaire, publicada
em 1975 pela Bibliothèque de la Pléiade. Pichois, por sua vez,
tomou por base a primeira reunião em livro dos poemas em
prosa, isto é, a edição aos cuidados de Théodore de Banville
e Charles Asselineau para o quarto volume das obras de Baudelaire, publicado pelo editor Michel Lévy em 1869, dois anos
após a morte do poeta.

Não é raro que esse tipo de publicação póstuma acabe por
se revelar infiel aos desígnios do autor, refletindo afinal as preferências e os preconceitos de quem a organiza — basta pensar,
no caso francês, na primeira grande edição da correspondência
de Flaubert, aos cuidados e sob a férula de sua sobrinha Caroline, determinada a extirpar tudo o que lhe parecesse incompatível com a glória do tio. Não é este, porém, o caso de *O
spleen de Paris*, obra longamente planejada ou, melhor dizendo,
miragem ardentemente perseguida por Baudelaire.

De fato, as primeiras tentativas baudelairianas de uma
escrita poética "sem ritmo nem rima" (nos termos da dedicatória "A Arsène Houssaye") datam de 1851, quando versões
prosaicas de dois poemas posteriormente incluídos n'*As flores
do Mal* ("A alma do vinho" e "O vinho dos trapeiros") despontam no texto do ensaio *Do vinho e do haxixe*. A essas primeiras tentativas, que não vieram a integrar *O spleen de Paris*,
seguiu-se em 1855 um par de poemas em prosa, "O crepúsculo
da tarde" e "A solidão", publicados inicialmente num volume
em homenagem a C.-F. Denecourt. Ora, Baudelaire tratou
de republicar esses mesmos dois poemas em 1857 e 1861, ao

lado de outros, mais recentes, o que sugere a progressiva decantação do projeto de uma "poesia lírica em prosa, no gênero de *Gaspard de la Nuit*" (como se lê já em carta a Armand du Mesnil, datada de 9 de fevereiro de 1861).

Essas duas últimas datas, 1857 e 1861, são relevantes também porque indicam o nexo entre a gestação dos poemas em prosa e o fim do grande ciclo criativo d' *As flores do Mal*. A publicação da primeira edição, em 1857, e da segunda, ampliada, em 1861, deve ter instigado Baudelaire a novas incursões no caminho ainda pouco batido da prosa poética. Surgem então poemas em prosa claramente inspirados em poemas das *Flores*, como é o caso "Um hemisfério numa cabeleira" e "O convite à viagem", e ocorrem hesitações reveladoras, como quando o poeta anuncia novos poemas metrificados, para afinal escrevê-los assim como os lemos em *O spleen de Paris* ("A mulher-fera e a moça afetada" e "A bela Dorothée"). Não só se acumulam os textos que Baudelaire considera maduros para publicação, como vão se delineando os contornos de um livro, a tal ponto que, em 1862, o poeta confiou a Arsène Houssaye a publicação no jornal *La Presse* de 26 textos sob o título comum de *Pequenos poemas em prosa* e precedidos pela carta-dedicatória dirigida ao mesmo Houssaye, dos quais 20 foram estampados pelo jornal entre agosto e setembro daquele ano.

Nos anos seguintes, esses e outros poemas em prosa ressurgem noutros jornais e revistas — *Le Boulevard*, *Le Figaro*, *La Revue nationale et étrangère*, *La Nouvelle Revue de Paris*, *L'Indépendance belge* —, ao mesmo tempo que Baudelaire preparava sua publicação em livro. Em janeiro de 1863, o poeta assinou um contrato de publicação com o editor Hetzel, e é numa carta a este, de 20 de março, que o título que conhecemos aparece pela primeira vez. Pouco depois, numa nota sem data (mas provavelmente de maio ou junho seguintes), surge uma adição ao título, "*pour faire pendant aux* Fleurs du

Mal" ("para servir de complemento às *Flores do Mal*") que se repetirá muitas vezes na correspondência de Baudelaire (por exemplo, na carta para Victor Hugo de 17 de dezembro de 1863) mas que Banville e Asselineau preferiram não reter na edição de 1869. O possível subtítulo é índice da importância que Baudelaire conferia ao novo gênero poético-prosaico e ao livro que ia tomando forma e vulto: ao sabor das circunstâncias e dos destinatários, o escritor falava de 50, 60, 100 poemas a serem integrados ao *Spleen*...

O fato é que Baudelaire não viveu para ver o livro publicado — mas não é menos verdade que deixou uma lista manuscrita, hoje depositada na Biblioteca Nacional da França, na qual constam os títulos dos cinquenta poemas que hoje integram *O spleen de Paris*, devidamente numerados de 1 a 50. Teria ele remanejado a lista, caso tivesse podido cuidar da edição final? Teria ele, sobretudo, aumentado o número de textos? É possível, é mesmo provável: o adiamento sucessivo da publicação e o número variável de textos a que se alude na correspondência dão a entender que, no espírito de Baudelaire, o *Spleen* mudava constantemente de figura e refugava diante do ordenamento rigoroso, até mesmo simétrico, que o poeta concebera para as *Flores*. Hesitação hamletiana, inerente à criação literária do autor? Talvez, a não ser que se prefira compreender essa mesma hesitação como sintoma de certa euforia diante das muitas possibilidades que oferecia o novo gênero (essa forma de "pensamento rapsódico", como se lê em carta Sainte-Beuve de 15 de janeiro de 1866), nascido tanto da "frequentação das cidades enormes" e do "cruzamento de suas inumeráveis relações" (conforme se lê na dedicatória a Houssaye) como do fim do vínculo forçoso entre linguagem poética, de um lado, e regularidade métrica e prosódica, de outro. Lido por esse viés, este é menos um livro inacabado do que um livro em aberto — tão em aberto quanto o gênero que *O spleen de Paris* consagrou.

SOBRE OS POEMAS

A ARSÈNE HOUSSAYE, p. 7, "o famoso *Gaspard de la Nuit*, de Aloysius Bertrand": um ano após a morte de seu autor, os poemas em prosa de Bertrand (1807-1841) foram reunidos no volume *Gaspard de la Nuit*, que levava o subtítulo de "fantasias à maneira de Rembrandt e de Callot"; p. 7, "traduzir numa canção o grito estridente do *Vidraceiro*": Houssaye incluíra o poema em prosa "A canção do vidraceiro" na primeira edição de suas *Poésies complètes* (1850).

V. O QUARTO DUPLO, p. 14, "o grande René": alusão a François--René de Chateaubriand (1768-1848), em cuja vasta obra merece destaque — no que diz respeito a *O spleen de Paris* — o romance *René* (1802), em que desponta o tema romântico do *mal du siècle*, do desacordo íntimo com a própria época.

IX. O MAU VIDRACEIRO, p 21, "sobre a borda traseira do chassi de carga": um cartão postal do fim do século XIX, reproduzido abaixo, talvez torne mais clara a forma e a estrutura do chassi que os vidraceiros ambulantes levavam às costas.

XI. A MULHER-FERA E A MOÇA AFETADA, p. 25, "o grou *que tritura, que engole e que trucida como quiser!*": Baudelaire cita uma das *Fábulas* (III, 4) de La Fontaine, "As rãs que clamam por um rei", na qual as rãs, descontentes com o pássaro tolerante que recebem por soberano, acabam por irritar Júpiter, que lhes envia novo rei, um grou despótico e cruel.

XIII. AS VIÚVAS, p. 28, "Vauvenargues diz haver": Baudelaire alude a um breve texto "Sur les misères cachées", do marquês de Vauvenargues (1715-1847), onde se lê que "nunca entro no Luxembourg ou em outro jardim público sem que me veja cercado por todas as misérias surdas que se abatem sobre os homens".

XVIII. O CONVITE À VIAGEM, p. 38, "Um músico escreveu o *Convite à valsa*": Baudelaire refere-se ao *Rondó brilhante em ré bemol maior*, peça para piano composta por Carl Maria von Weber em 1819 e orquestrada por Hector Berlioz em 1841.

XXIII. A SOLIDÃO, p. 52, "os tambores de Santerre": quando da execução de Luís XVI, em 21 de janeiro de 1793, o comandante da Guarda Nacional, Antoine Joseph Santerre, teria ordenado um rufar de tambores, de modo a impedir que a multidão escutasse as palavras que o rei condenado tentava proferir do alto do patíbulo; p. 52, "escreve La Bruyère": o trecho em questão dos *Caractères* de La Bruyère fora utilizado por Edgar Allan Poe como epígrafe de "O homem da multidão", conto que Baudelaire traduziu em 1855.

XXV. A BELA DOROTHÉE, p. 56, "e, mesmo sendo livre, ela anda sem sapatos": em todas as Américas, os escravos eram proibidos de usar sapatos.

XXIX. O JOGADOR GENEROSO, p. 68, "um predicador, mais sutil que seus confrades": Baudelaire alude provavelmente ao jesuíta Gustave Xavier de La Croix de Ravignan (1795-1858), predicador na catedral de Notre-Dame de Paris entre 1837 e 1846.

XXX. A CORDA, p. 71, *"A Édouard Manet"*: o episódio é verídico, pois Alexandre, jovem assistente de Manet, de fato cometeu suicídio no estúdio que o pintor mantinha à rua Lavoisier. Sabe-se que posava ocasionalmente, ainda que não com a frequência sugerida por Baudelaire, e foi ele o modelo para *O rapaz das cerejas* (cerca de 1858), atualmente no Museu Calouste Gulbenkian, em Lisboa.

XXXII. O TIRSO, p. 80, "países sonhadores que Cambrinus consola": Cambrinus ou Gambrinus é um personagem do folclore flamengo, associado à origem da fabricação da cerveja.

XLII. RETRATOS DE AMANTES, p. 92, "a idade de Querubim": na peça *Le Mariage de Figaro* (1778), de Beaumarchais, e igualmente na ópera *Le nozze di Figaro* (1786), de Mozart e Da Ponte, Chérubin ou Cherubino é um jovem criado do conde Almaviva, apaixonado tanto pela mulher do conde como por Suzana, noiva de Fígaro, igualmente desejada pelo patrão.

XLVII. SENHORITA BISTURI, p. 101, "que passou despercebido a Régnier": Baudelaire alude a um poeta satírico que admirava, Mathurin Régnier (1563-1613).

XLIX. PAU NOS POBRES!, p. 107, "pelo sutil Lélut e pelo sagaz Baillarger": Baudelaire refere-se a dois médicos "alienistas", para usar o termo corrente no século XIX, que sustentavam a tese da loucura de Sócrates. Jules Baillarger (1809-1890) foi autor de diversos estudos sobre as alucinações, ao passo que Louis-Francisque Lélut (1804-1877) publicou em 1836 o ensaio *Du Démon de Socrate, spécimen d'une application de la Science psychologique à celle de l'Histoire*; p. 109, "Que dizes tu, cidadão Proudhon?": a frase final consta no manuscrito do poema em prosa, inédito à altura da morte de Baudelaire, mas foi deliberadamente omitida por Asselineau e Banville na edição de 1869 de *O spleen de Paris* — talvez por a julgarem descabida após a morte do próprio Proudhon, em janeiro de 1865. Pierre-Joseph Proudhon (1809-1865) foi um importante ativista e teórico do anarquismo e do socialismo na França, de quem Baudelaire estimava a escrita, ainda que não necessariamente a pessoa (como se lê em sua carta a Sainte-Beuve, 2 de janeiro de 1866).

L. OS BONS CÃES, p. 110, "Ao senhor Joseph Stevens": o pintor belga Joseph Stevens (1816-1892), especializado em imagens de animais e um dos poucos artistas a acolher Baudelaire durante sua árdua temporada belga (1864-1866), teria estado na origem deste poema em prosa, publicado originalmente em *L'Indépendance belge* de 21 de junho de 1865, acompanhado de uma nota segundo a qual Stevens dera ao poeta um belo colete, sob a condição de que "escrevesse alguma coisa sobre os cães dos pobres"; p. 110, "minha admiração por Buffon": a *História natural* do conde de Buffon (1707-1788), publicada a partir de 1749, é um marco das ciências naturais mas também das belas-letras francesas do século XVIII; p. 110, "eu me dirigiria a Sterne": nesta passagem — mas também em seu *Salão de 1859* —, Baudelaire remete a um episódio do livro sétimo, capítulo XXXII, do *Tristram Shandy* (1759-1767) de Laurence Sterne (1713-1768), quando o protagonista, notando a dificuldade com que seu asno mascava um talo de alcachofra, oferece-lhe — movido por um misto de compaixão e curiosidade — um docinho de amêndoa; p. 111, "perguntava outrora Nestor Roqueplan": Baudelaire provavelmente cita um artigo publicado no jornal

La Presse, em 16 de maio de 1857, pelo jornalista e escritor Nestor Roqueplan (1804-1870); p. 112, "Permitam-me introduzir os senhores no quarto do saltimbanco ausente": Baudelaire remete o leitor ao quadro *Intérieur du saltimbanque*, exposto por Stevens no Salão de 1857, e do qual se pode formar uma imagem aproximada a partir de uma gravura do século XIX, reproduzida acima; p. 113, "Swedenborg não diz": Baudelaire era leitor e admirador das obras do místico sueco Emanuel Swedenborg (1688-1772); p. 113, "à taberna da rua Villa-Hermosa": o episódio entre Stevens e Baudelaire relatado nas linhas seguintes é verídico e se deu na taberna *Prince of Wales*, então situada ao número 8 da rua Villa-Hermosa.

Fábula:

do verbo latino *fari*, "falar", como a sugerir que a fabulação é extensão natural da fala e, assim, tão elementar, diversa e escapadiça quanto esta; donde também falatório, rumor, diz que diz, mas também enredo, trama completa do que se tem para contar (*acta est fabula*, diziam mais uma vez os latinos, para pôr fim a uma encenação teatral); "narração inventada e composta de sucessos que nem são verdadeiros, nem verossímeis, mas com curiosa novidade admiráveis", define o padre Bluteau em seu *Vocabulário português e latino*; história para a infância, fora da medida da verdade, mas também história de deuses, heróis, gigantes, grei desmedida por definição; história sobre animais, para boi dormir, mas mesmo então todo cuidado é pouco, pois há sempre um lobo escondido (*lupus in fabula*) e, na verdade, "é de ti que trata a fábula", como adverte Horácio; patranha, prodígio, patrimônio; conto de intenção moral, mentira deslavada ou quem sabe apenas "mentirada gentil do que me falta", suspira Mário de Andrade em "Louvação da tarde"; início, como quer Valéry ao dizer, em diapasão bíblico, que "no início era a fábula"; ou destino, como quer Cortázar ao insinuar, no *Jogo da amarelinha*, que "tudo é escritura, quer dizer, fábula"; fábula dos poetas, das crianças, dos antigos, mas também dos filósofos, como sabe o Descartes do *Discurso do método* ("uma fábula") ou o Descartes do retrato que lhe pinta J. B. Weenix em 1647, segurando um calhamaço onde se entrelê um espantoso *Mundus est fabula*; ficção, não ficção e assim infinitamente; prosa, poesia, pensamento.

PROJETO EDITORIAL Samuel Titan Jr. / PROJETO GRÁFICO Raul Loureiro

GALERIE CONTEMPORAINE

126, boul. Magenta. — Paris.   Phot. Goupil et Cⁱᵉ.   Cliché Carjat et Cⁱᵉ.

CH. BAUDELAIRE
Né à Paris en 1821, mort en 1867.

Sobre o autor

Charles Baudelaire nasceu em Paris, em 9 de abril de 1821. Órfão de pai aos cinco anos e desde sempre muito ligado à mãe, o jovem suportou mal as segundas núpcias desta com o futuro general Aupick, que se converteu para ele em objeto de ódio e símbolo da autoridade e da vida burguesa. Baudelaire passou a infância e a adolescência entre Lyon e Paris, onde a duras penas terminou o liceu. Tendo recebido parte da herança paterna (eterno tema de conflito com a mãe e o padrasto) ao chegar à maioridade, entregou-se à vida boêmia, vivendo como dândi, colaborando com jornais, frequentando os "paraísos artificiais" do haxixe e do ópio — e contraindo sífilis. Foi nessa altura da vida que conheceu a "jovem mulata" Jeanne Duval, sua amante e musa de diversos poemas, ao mesmo tempo que se engajava na refrega artística e literária, defendendo Delacroix e Balzac, entre outros. Datam igualmente dessa época escritos críticos mais extensos como o *Salão de 1845* e o *Salão de 1846*. Em 1848, Baudelaire tomou parte na Revolução de Fevereiro — que pôs fim ao reinado de Luís Filipe, instaurando a breve Segunda República francesa — e fundou o efêmero jornal *Le Salut public*, que não durou mais de dois números; a dupla experiência da revolta e da derrota marcaram profundamente seu espírito e sua criação poética. No mesmo ano, o poeta começou a traduzir as obras de Edgar Allan Poe, acompanhadas de diversos ensaios destinados a consolidar a reputação mundial do escritor norte-americano, que se converteu aos olhos de Baudelaire em exemplo de artista *moderno*. Sob o Segundo Império de Napoleão III, enquanto prosseguia sua atividade de crítico e tradutor, dedicou-se à paciente depuração da história (pessoal e política, íntima e urbana) em sua poesia lírica, que revelou apenas parcimoniosamente em jornais e revistas, para afinal dá-la à público na forma não de uma antologia, mas de um livro dotado de arquitetura minuciosa: *As flores do Mal*, publicado em 1857. A obra valeu a seu autor um processo e uma condenação por blasfêmia e imoralidade, culminando na apreensão do livro; a segunda edição só sairia em 1861, expurgada de seis poemas condenados mas acrescida de 32 novos textos. Publicadas *As flores do Mal*, ingressou em novo e poderoso momento criativo: além de publicar alguns de seus ensaios estéticos mais maduros, como *Richard Wagner e o* Tannhäuser *em Paris* (1861) e *O pintor da vida moderna* (1863), dedicou-se à redação dos poemas em prosa reunidos postumamente sob o título de *O spleen de Paris* (1868). Entretanto, carcomido pela doença e perseguido pelos credores, acabou por se refugiar na Bélgica, país onde contava se sustentar como crítico e conferencista. A malograda temporada belga acabou por abatê-lo definitivamente: em 1866, sofreu um acidente vascular em Namur, seguido de afasia e hemiplegia. Levado de volta a Paris, Baudelaire foi internado numa casa de saúde, onde faleceu em 31 de agosto de 1867.

Sobre o tradutor

Samuel Titan Jr. nasceu em Belém, em 1970. Estudou filosofia na Universidade de Sao Paulo, onde leciona Teoria Literária e Literatura Comparada desde 2005. Editor e tradutor, organizou com Davi Arrigucci Jr. uma antologia de Erich Auerbach (*Ensaios de literatura ocidental*) e assinou versões para o português de autores como Adolfo Bioy Casares (*A invenção de Morel*), Gustave Flaubert (*Três contos*, em colaboração com Milton Hatoum), Jean Giono (*O homem que plantava árvores*, em colaboração com Cecília Ciscato), Voltaire (*Cândido ou o otimismo*), Prosper Mérimée (*Carmen*), Eliot Weinberger (*As estrelas*) e José Revueltas (*A gaiola*).

Sobre este livro

O Spleen de Paris. Pequenos poemas em prosa, São Paulo, Editora 34, 2020 TÍTU-LO ORIGINAL *Le Spleen de Paris. Petits poèmes en prose*, 1869. Fez-se a tradução a partir do texto de Charles Baudelaire, *Oeuvres complètes*, vol. I, edição de Claude Pichois (Paris: Gallimard/Bibliothèque de la Pléiade, 1975) TRADUÇÃO © Samuel Titan Jr., 2020 PREPARAÇÃO Rafaela Biff Cera REVISÃO Andressa Veronesi, Flávio Cintra do Amaral PROJETO GRÁFICO Raul Loureiro IMAGEM DE CAPA Édouard Manet, *Retrato de Charles Baudelaire*, água-forte, 1862, cortesia da New York Public Library ESTA EDIÇÃO © Editora 34 Ltda., São Paulo; 1a edição, 2020. A reprodução de qualquer folha deste livro é ilegal e configura apropriação indevida dos direitos intelectuais e patrimoniais do autor. A grafia foi atualizada segundo o Acordo Ortográfico da Língua Portuguesa de 1990, que entrou em vigor no Brasil em 2009.

O tradutor agradece a leitura amistosa e as sugestões certeiras de Alberto Martins e Fabrício Corsaletti.

CIP — Brasil. Catalogação-na-Fonte
(Sindicato Nacional dos Editores de Livros, RJ, Brasil)

Baudelaire, Charles, 1821-1867
O spleen de Paris: pequenos poemas em prosa /
Charles Baudelaire; tradução de Samuel Titan Jr. —
São Paulo: Editora 34, 2020
(1a Edição).
128 p. (Coleção Fábula)

Tradução de: Le spleen de Paris

ISBN 978-65-5525-040-4

1. Ficção francesa. I. Titan Jr., Samuel.
II. Título. III. Série.

CDD — 843

Tipologia Caslon **Papel** Pólen Soft 80 g/m²
Impressão Edições Loyola **Tiragem** 3.000

Editora 34
Editora 34 Ltda. Rua Hungria, 592
Jardim Europa CEP 01455-000
São Paulo — SP Brasil
TEL/FAX (11) 3811-6777
www.editora34.com.br